新潮文庫

湖畔の愛

町田康著

新潮社版

11391

目次

湖畔の愛

湖畔

あ。蛍。と、あっちゃんが言った、そのとき悲しみの波がドーンと胸に押し寄せてきて蹲《うずくま》りそうになった。だってそうでしょう、ここはホテルのロビー。蛍なんているわけがない。でも、思わず知らず、人を笑わせようとか、驚かせようとか、そんな気持ちがまったくないまま、蛍もいないのに、あっ。蛍。と言ってしまって、言ったことをもの凄く後悔してしまっているあっちゃんがもの凄く不憫で、でも、その不憫っていうのはあっちゃんの不憫だけではなくて、僕の悲しみ、というと違う、苦しみなのかな、むしろ。兎に角、そういうものと関係しているから、だから、ドーン、と押し寄せてくるのだよね。浪が。

といって、でもそんなことを考えていたら暗くなってしまうので、そんなことを考えているのを微塵も表に出さないで、あっちゃんに言った。

「ほらほら、圧岡さん。あ、蛍、なんて私の禿げ頭をみて言ってるんでしょうけど、いまここにいるのは私と圧岡さん、あなただけじゃないですか。受け狙いといって、その受ける相手がいないとどうしようもあーりませんよ。私は二重の意味であなたの戯れを受けられないです」

「あはははは、あほほほほほほ。ごめんなさいね、支配人。私、錯乱しちゃってましたわ。でもそれって私たちが共通に負ってる不幸ですわよね」

「ケラケラケラ。それは嘘です。共通ではありません。なぜならあなたと私と、その条件が違うからです。あなたは若くて可愛い女性。僕は禿げたおっさん。この衰退しつつある観光地で、再就職についてどちらが有利かはパンチラを見るより明らかでしょう」

「あはは、パンチラだなんて。いやな支配人」

あっちゃんはそんなようなことを言って、以前から左翼的な傾向のある子だとは思ってはいたが、私から見て左の方へ去って行った。

なんて言うと私たちが頽廃したホテルの従業員のように聞こえるかも知れないが、そんなことはない。私たちは真面目に生きてきた。真面目にホテルの仕事をしていた。そして、ホテルの仕事に喜びと誇りを持っていた。

私たちのホテル、九界湖ホテル、は、建築も歴史的建造物といってよいくらいの渋い感じの建築だし、衰退して荒んでしまった周囲とはちがってサービスも素晴らしきホテルとして一部に名が知られ、むっさいい感じで営業とかをしていた。だから私たちはホテルで働くこと、働いて喜ばれることに喜びを見出し、それが、このホテルの創業百年の喜びに繋がっていた、ところが。

数年前から経営が駄目になってしまった。稼働率がアパパになり、忽ちにして経営はアホホになって、私たちのホテルはいつ潰れるかわからない、という状態になっていた。

その悲しみから逃れるために、あっちゃんは慣れぬ冗談を言った。けれども笑えずに悲しみが胸にドーンと押し寄せてきた。おそらく、あっちゃんの胸にも押し寄せていただろう。

あはははは。あはははは。

仕方がないので笑う練習をしていると、オーナーが帰ってきて、眉を顰め、そうして言った。

「新町、なに笑ってる」

「ああああ、ははは、鱧《はも》の骨が」

「鱧の骨がどうした」

「鱧の骨が喉に引っかかって、笑うみたいな顔になってしまいました。すみません」

すべてを冗談にしようと思ってそんなことを言った。にもかかわらずオーナーは、

「営業時間内に鱧、食べないでください」

と、そう言って通り過ぎていった。

こんな季節に鱧があるかよ。とか言って欲しかった。でも言ってくれなかった。悲しかった。でも仕方がない。そもそもオーナーはその美貌にそぐわない直接的で乱暴な言葉を使う。

そして経営が危なくなっている。

両親が高速道路から墜落してきた牛に押しつぶされて死んでからこっち、事情があって十六歳まで吉林省で育ち、東京都港区にある建築設計事務所で働いていたオーナーが、弟の陰謀によってホテルをやらされることになって、その矢先にこんなことになり、日々の仕入れ、毎月の支払いに苦しみ抜いているのだ。私の冗談に付き合っている暇などないに決まってる。

いまもおそらくは資金繰りの相談に行ってきた帰りなのだろう。うまくいかなかったに違いないのがその表情から知れた。苦しみと悲しみの色が瞳に現れていた。

まだ若いのにこんな苦労をするのは悲しいことだ。また、オーナーは、こんなシロモノが現《うつつ》の世の中に存在しているのはちょっとおかしいのではないか、と思うくらいの美人で、これは不思議なことなのだが、ああした美人が苦労していると、ああ痛ましいことだ、と強く思う。まあ、不細工が苦労していてもそれはそれで痛ましいのだけれど、その痛ましいと思う気持ちの感じ感がまったく反対方向に走りまくっていく。だから、人間はふたつの方向に牛裂に引き裂かれている。のかな。ってのはまあよいとして。

潰れたらあの人はどうなるのだろうか。また建築設計事務所で働くのかな。でも私はどうなるのだろう。このご時世、再就職先なんてそう簡単にあるものではない。気楽な独り身とはいえ不安になってくる。売却されてホテルは続いても雇ってもらえるかどうかわからない。しかしまあ無闇に不安がっておっても仕方がないので、

「さあて、村人の首でも括っていくか。後ろ姿の縊れていくか」

独り言にもならない発語をして、記入シートを両手で持ってトントンと端を打ち付けて揃えたり、パン籠を移動させたり。気分のよいホテルの支配人としての、プロフェッショナルの商売人としての振る舞いの数々を必要性の空中に滅ぼしながら価値を生み出す。それこそが悲しみと苦しみから逃れる唯一の作法だ。

私はそう信じていた。でもそれは軽い信じだった。軽信、というやつだ。ははは、そんなものはない。京神鉄道なんてあってもよさそうなものだが。現実にはないのだよ、あっちゃん。いまはここにいないあっちゃん。

虚しく呼びかけていると、チェックインのお客様がいらっしゃった。

予約表に素早く目を走らせる。なんてことはしない。そんなことでは支配人は務まらない。お客様のことは事前に頭にたたき込んで、入ってくるやいなや、「〇〇様、お待ちいたしておりました」と声を掛ける。そんなこともできないで支配人が務まるか、ってんだ。変なデバイスとやらを玩弄して、指さばきばかり鮮やかで、その実、頭のなかはpretty vacantな若い兄ちゃんと一緒にすんな、土阿呆。

とそんなことを考えても表情にはちくとも出さない。にこやかに笑い、〇〇様、お待ちいたしておりました、と言おうとして驚愕した。

そのお客の名前がわからなかったのだ。

慌てて予約表を見る。あはは。あほほ。今日の予約は吉丸御夫妻と間明御夫妻の二組。若夫婦と老夫婦の違いはあれどいずれもカッポー。けれどもこのお客様はおひとり様。どういうことだろうか。

と、思った瞬間、カッポーレカッポーレ、アマチャーデ、カッポーレ、という音響が。そうした音と文字の中間的なものに支配されるのは私の文学的悪癖。慌てて祓い清めて、にこやかに、「いらっしゃいませ」と言った。そう言えばお客様の方から、

「東京の間明じゃがねぇ、妻は後で来ることになっておるでな。チェキンを頼む。侍む。どっちでもよいがな。ママOK？　お母さんの許可はとっておるのかね。って感じでな、お願いするわ」

と仰ってくださるのではないか、と思ったのだ。

ところがその年とった客は黙って骨組みだけでできた鍋料理のように無言で突っ立っている。

こういう客が一番困るんだよなー。なんてことを思うかあ、ぼけっ。お客様は大事なんだよ。それはカネとか儲けとかそういうことじゃないんだよ。お客様がいらっしゃってくださって嬉しい、と心から、というかもう、腹から思う気持ちが、それだけが俺たちの仕事の根幹の本質の肝の要なんだよ、バカンダラ。とそんなことを考えてでも表情にはちくとも出さず、お名前を頂戴いただけますればありがたき幸せ云々。といったようなことを、柔らかな、浮かしがけ、みたいな感じで申し上げた。

ところが黙っている。なにも言わない。

といって不機嫌そうな感じはまるでない。むしろ上機嫌に見える。また、こういう稼業をしていると、自然とお客様がどの程度の生活をなさって、どの程度の級《クラス》に属していらっしゃるか、はっきり申し上げればどれくらいの所得がおありになるのか、といったことが、極度に明瞭にわかってしまうのだけれども、そういう視点から見ても、けっこう上層の級に属しておられる方のように見える。

年の頃は、そうさな、七十は超してるけど八十はいってないだろう、って感じ。といって、ヨボヨボしている感じは全くなくて、背筋は伸びているし、目は知的に光っているし、上等の背広を着て、まだ現役で経営会議とか審議会とかにガンガン呼ばれてる感じがある。

いずれ立派な地位におられる方なのだろうが、黙っていてはなにもわからない。そこで再び、「お名前を頂戴できますでしょうか。ご予約の際の」と言ったところ、お客様がようやっと口を開いて、「わしゃ」と言った。

もちろん、儂は→わしゃ、ということで、まさか、話者、ということはないだろう、と確信して、小首を傾げ、信じきった子犬のような黒く濡れた瞳でお客様をみていると、お客様は続けて、

「わしゃいろげでむこのでわしゃいろげであいざいだいやたたらふし、あいざいだいやむわむわひいよんげ、むさむさひいよんげおこのごぢきだにやろどうとてすなるをあらがいすかい?」

と一気に言った。

「はあ?」

「わしゃいろげてむこでなんぬるうあいざいだいやだら、あいざいだいやらんちよてるけむ、むわひいよんけ。おこにてどまいありたきぞんぢありければどまいあらがいすかい?」

なにを言っているのかまったくわからなかった。

ふざけているようにもみえなかったし、頭がおかしいようにもみえなかった。方言? こんな方言聞いたことがない。昔、手伝いで奄美大島の調査に行ったとき、年寄りが喋る言葉の内容が殆ど理解できなかったが、それともまた感じが違う。

普通だったらここまでわからないことを言う人は鹿十《しかと》でよいのだが、お客様なので鹿十ができない。仕方がないので再度、

「申し訳ございません。お名前を頂戴いただけないでしょうか」

と問うたところ、お客様は話が通じないのに苛々した、みたいな様子で、

「わしゃいろげぇ、てたむこでぇ、うあいざいやだらぁ、あいざいだいやらんちよぇて、むわひい、よんけぇ、ほうでらいじゅありしが、どまい、あ、ら、が、い、す、か、い？」

と一語一語を明瞭に区切って言った。ということは自分が訳のわからない言葉を喋っているという自覚がなく、聞き取れぬこちらの耳または脳が悪い、と思っているということだ。

「私はどうしたらいいのだろう」

途方に暮れているとあっちゃんが来た。

「いらっしゃいませ」とにこやかに言ったあっちゃんはしかしすぐに普段と違うなにかを感じたのだろう、しかし、お客様の手前、あからさまに問うわけにもいかぬという配慮もあり、問うような探るような、どうしたの？　みたいな目で私を見るので仕方ない、説明をした。

「いや、こちらのお客様のね、お言葉の方がご不自由なようでいらっしゃって」

「お言葉がご不自由ってどういうこと」

あっちゃんが言うのとほぼ同時にお客様が、

「あがれがぎやんなんねん。ぎやんねんどぢや。うぼねるど。ぢうみに。ぎやんなんなで」

と激しい口調で言った。

どうやらこちらの言うことはわかっているようで、言葉が不自由、と言ったことに怒っているようだった。

電話で話していてなんらかの障害が起き、こちらの言っていることは相手に聞こえているが、相手の声がまるで聞こえない、みたいな感じ。

それはそうとしてしかしお客様を怒らせるなどというのはホテルマンとしてあり得ない鬼畜の所業なので僕はただちに、

「申し訳ございません」

と言って頭を下げた。あっちゃんも同時に頭を下げた。

個人が多くの情報を得ることができるようになったためだろうか、それとも末法の世だからだろうか、自分は他の客に比べて安い客と思われて疎略な扱いを受けているのではないだろうか。支払ったカネに見合ったサービスを受けてないのではないだろうか。という猜疑心に凝り固まったようなお客様が最近多い。

そういうお客様は一度、謝ったくらいでは許してくれず、いつまでもネチネチ怒って、その分安くしろ、とか、土産品をよこせ、などと仰ってくるが、このお客様はそ

んな下品《げぼん》の客ではなく、忽ちにして機嫌を直し、再度丁寧な口調で、今度はあっちゃんに向かって、

「わしゃいろげでね、むこであいざいよやわいむらいのんでくまいてんちゃがみんかちゃんか、むわむわひいよんげ、うぼねるど、みたなごんなれ、ははははは。ずはいわあ、ええまりがんひて、ええまりがんひて、こぢやぎ、たんにやけんにや、どまいあらがいすかい？」

と、ときに笑みを含んで穏やかな口調で言った。

しかし、あっちゃんとてわかるはずがない。

お客様は自分はきちんと振る舞っていると信じ切っている。どうしよう。どうしたらいいのだろう。悩んでいると、正面ドアーを勢いよく開けてスカ爺が入ってきて、ロビーで印度舞踊と酔拳を合併させたような運動様のことをし始めた。私は慌ててスカ爺に駆け寄って、

「こら、スカ爺、お客様の前でそんな変な体操をしたらいかんだろう」

と声をひそめてでも強い調子でたしなめた。ところがスカ爺は、「まあ、ええがな」などと理窟にならぬことを言い、ますます運動して、膝を屈曲させて両肩を捻り、アウアウ言いながら白目を剝いたかと思ったら、肩から提げていた鞄を、まるでハンマ

ー投げをするひとのような格好で振り回すなど、したい放題のことをやり始めた。

「こら、スカ爺、やめなさい。やめんか、こら」

「わっかりましたあああっ。僕はある種の回転寿司」

回転しながら、スカ爺は歌うように言い、手から鞄を離した。鞄は遠心力によって飛んでいき、飾ってあった壺にあたり、壺は落下して割れた。

「ははは、割れよった」

「割れよったじゃないよ。どうするんだよ」

「どうするんだよ、ってやめろっちゅうからやめたったんやんけ。なに文句いうとんねん」

「でも、あの壺は……」

「まあ、よろしがな。あの壺は恩治のコレクションのひとつで高価なもんやから」

「あかんやろ」

「かましまへんがな。資金繰りがうまいことといけへんでどうせ来月にはつぶれまんにゃろ。それやったらどないなってもかましませんがな」

スカ爺はそう言って、禿げた頭頂部の左右に、女学生のお下げ髪のように垂れ下がっている白髪を両手で持って横に伸ばした。

スカ爺はいつもこんな調子だ。

本名を須加治一郎といって先代、すなわちオーナーのお父さん、切森恩治の莫逆の友で、若い頃は流れ者のような生活をしていたが、六十を過ぎてぶらり故郷に舞い戻り昔の縁でホテルに雇われ、いまにいたるまで雑用係のようなことをしている。

ホテルマンとしての教育を受けていない、というか、誰もがあたりまえにするまともな社会人になるための自己研鑽を積まず、習い覚えたのは怪しい関西弁とフランス語のみ、という状態だったため、狂ったようなところも多く、支配人の立場からすると、そろそろ辞めていただきたいのだが、先代との関係もあり、また、ホテルというところにはいろんな理窟では割り切れないトラブルもあり、そんなとき思いがけずスカ爺の人生智が役に立つこともあり、ま、いっか。って感じでスカ爺はいつまでも、自由な傭人、って立場だった。まあ、それもまもなく終わるのだけれど。私も、

「お怪我はございませんでしたでしょうか」

申し訳ございません。あっちゃんが謝って掃除道具をとりに走った。

「あぎゅらーろ。もりしば」

と、お客様の身の安否を確認の後、割れた壺のところに駆け寄り、大きな破片を取りのけた。

そんなことをするうち、あっちゃんも道具を持って戻ってきて、細かい破片を片付け始めたので、お客様のところに戻ると、ああ、なんということであろうか、スカ爺がお客様に話しかけている、あんなお客とスカ爺のようなものの間にコミュニケーションが成立する訳がない。最悪の場合、苛立ったスカ爺が杖かなにかでお客様を叩きのめす、といったことも想定され、そうなるとどうなるのかわからないが、とにかくまずい。そこで、スカ爺とお客様のところに戻ると、どういうことだろう、急に言葉が治ったのだろうか、スカ爺とお客様、談笑していた。

「ありがん、まいざ、ほりまいて、かいさんすげなんじゃも、ほかいさんあらすがい？」

「ああ、そうですか。やっぱ、堀貝町の横手の方の」

「あいあいあいあい。まいぞのおげなおどあんやんが。あいがほきもり、さがしまんにゆに、あがねるど、ぢうみ、ほって」

「凄いですね。歴史的事件じゃないですか」

「がりむのがいさいしよんげ」

「いやいや、そんなことないですよ」

「がしはりむどうでいて」

「ははははははは。こらおもろい」

「ばりむはりむ。おんがに」

「ははは」

「ばりむ」

私はスカ爺の袖を引いた。

「ちょっと、スカ爺」

「なんや」

「スカ爺はあのお客様の仰ってることがわかるの」

「わかるよ」

「なんで」

「明々白々やん。逆になんでわからへんのかわからへん」

スカ爺はそう言って心底、不思議そうな顔をした。しかし、その目の奥に人目を欺き驚かせ、その魂を抜け殻にしてしまうような、奇態なものがあるのを私は見逃さなかった。私はホテルマンだ。常に人の目の奥にそんなものを見つけてしまう目を持っている。ホテルがなくなるのにそんな目だけが残る。私に重く残る。えぐって、捨ててしまいたい。

「ぷいよぱいよぷー、スカ爺。いろんなことはどうでもいい。あのお客様がなぜあんな話し方をするのか。なぜスカ爺が、スカ爺だけがあのお客様の話す言葉を理解できるのか。そういったことは後で考えよう。兎に角いまはあのお客様がなんと仰っているのか。それを私は知りたい。なぜなら私はホテルマンだから。お客様の仰ってることを理解できなければ生きていけないから。そこでスカ爺、あのお客様と私の間に立って通訳をしてもらえないだろうか。というか、いや、これは支配人としての命令だ。通訳しろ、スカ爺」

私の言葉はまるで権威ある者の言葉のように響いた。でもそれは本意ではなかった。私は悲しい覚悟をしていただけだ。

「しゃあないなあ。ほんなら通訳するわ」

スカ爺はそう言うとお客様に向き直って、

「あなたはなにしにここに来はったんですか」

と問うた。

お客はスカ爺を見て言った。

「わしゃいろげでむこのでわしゃいろげであいざいだいやだだら、あいざいだいやむわむわひいよんげ、むさむさひいよんげおごでごぢきだにやでろどまいをあらがいすかとぼてこちひたんじゃあらすたふあらい」

　スカ爺は私を見て言った。

「私は三日前から、旅荘湖畔、に逗留をしていた。けどあそこにはもう一瞬も居たくない。料理は冷え切っているし、仲居はタメ口をきくし、フロント係は白痴だ。なによりも我慢できないのは私の言葉を理解しないことだ。そのうえ私をまるで気の毒な人のように扱う。しまいには通報しようとした。そんなことで私は、旅荘湖畔、をおん出てきた。しかし、このあたりの気候や景色は好きだ。空気感とかね。気に入っている。もう少し滞在したい。どこかによき宿はないか、と思いつつ、この家の前を通りかかったのだが、ここは実によい家だね。建築も渋いし、居心地も良さそうだ。とりあえず今夜はここに泊まりたいと思うのだが部屋はありますか。私は信仰を持っている」

　私はスカ爺を見て言った。

「ご贔屓を頂戴いたしましてまことにありがとう存じます。部屋はご用意できます。景色《けいしょく》のよい部屋がございます。こちらにご記入を願いとう存じます」

「ぐんつ。ほげつと」

「やれやれやっと話が通じた」

「ば。もうげ。がんぎりかんのたれたるの、びもみなぼいべびば。ばんぼうはいにしゆてるげ、びぼとんにたいるてばあらすがい？」

「あ、そうだ。支払いは済ませたが旅荘湖畔に荷物を預けたままなんだ。ピックアップしてきて貰えないだろうか」

「かしこまりました。ピックアップして部屋にお運びしておきます。ただ……」

「べぎ？」

「ただ？」

「お疲れのところ恐れ入りますが、部屋のご用意ができるまで暫くお待ちいただけますでしょうか」

「ばしゆうむ。ぺぎ」

「ああ、結構だ」

「なんでしたら、あちらのラウンジの方でお休みになってはいかがでしょうか。ホテルから飲み物をお届けいたしますが」

「ざいらして。ほのあかりざいらして。すかじい、ざいむにらかし。ぼこのうまれの。いぎのありどこの。ざりす？」

「いや、ここでいい。このスカ爺とか言う人ともっと話がしたい。そこの女の人とも。

そして君とも。しかし、忙しいのかな？」

「申し訳ございません。スカ爺、お相手をして差し上げなさい。いま飲み物をお持ちいたします。こういう場合、お飲み物、というのが普通なんでしょうが、当ホテルではそのような接頭語を場合によって使いません。お笑いください。そしてお許しください」

「ばりむばりむ。おんがに。ちゆりぼうらむ」

「はははは。おもしろいね。笑ったよ。そして許す」

太田孟という名前のそのお客様が記入を終えられ、私とあっちゃんは仕事に戻った。スカ爺はロビーのゆったりしたソファにまるで寝るように座って太田様と話し始めた。

湖畔のねっとりとした空気がロビーに漂っていた。これから冷えてくる。暖炉がありがたくなる。向こうの山の雪が誰かの心に押し寄せていく。ちゆんべですかに？とそんな訳のわからない言葉を喋りたくなった。

ご予約の吉丸御夫妻も間明御夫妻もまだみえない。美しいカップルを見たいのに。いまこそ見たいのに。

「太田様、部屋のご用意ができました」

そう言ってふたりの前に立ったときはまだ大丈夫なように見えた。でも、その時点で既にふたりはぎくしゃくしていたのかも知れない。スカ爺の目は糸のように細くなり、特徴的な白髪がバサバサになっていた。太田様は顔が紅潮して耳から異様な汁が垂れ流れていた。こはいかなるまがことぞ。あっちゃんはどこにいったのだろう。けれども私は支配人だ。ホテルマンだ。お客様が不快に思って耳から汁を垂れ流しているのを見過ごすことはできない。私はスカ爺に小さな声で言った。

「どうしたんだ」

「別に楽しく話してますよ」

「そうはみえんがね。おっつけ荷物も参りますじゃによって、部屋にいらっしゃいますか」

「ぱくうにんのらあめんもあきになりけり」

「通訳しろ。申し訳ございません。すぐに通訳させます」

「ああ、そうだね。じゃあ、部屋に案内して貰おうか」

「がいもんざあ、ほどけいっしょおつれまどわれゆや」

「部屋はどんなにか素晴らしいのだろうか。ワクワクするなあ、ドキドキするなあ。

嬉しいな」

「あげならんそのことおりもいらずただふうしあるのみ」

「あと、このスカ爺という人は実にいい人だね。なるべく給料を上げてやってくれ」

「あげならんそのことわりにわもてふすのみ」

もはや、太田様は激昂していた。目が燃え、額や顎に得体の知れない白い粉が吹いていた。スカ爺の顔がどす黒く変色していた。目が意地悪く光っていた。

「故郷では今頃、鮎漁が解禁になっているだろうなあ、ああ、素晴らしきふるさとの山河」

「あぎぎゃねんえぬぐいつ」

太田様はついに立ち上がって絶叫なされた。そしてその直後、胸を押さえて崩れ落ちられた。

なぜそのとき咄嗟にそんな言葉が出てきたのか。自分でもまったくわからない。しかし私はそのとき咄嗟に太田様に、「ずいじゃーの？」と声を掛けていた。

そして私はそのとき太田様が、「ああ、大丈夫だ」と言うのをはっきりと聞いた。

スカ爺と私に助け起こされ、ソファに寝かされた太田様は暫くの間、私どもの問い

かけにも答えず、胸を押さえて苦しそうにしていたが、やがて、

「いや、すまなかった。ドクターを呼ぶ必要はない。薬も必要ない。これは心臓発作ではない。私は若い頃より、こうした発作を起こすことがあった。悲しくて胸が痛む、という表現があるが、私の場合、感情が大きく動くと実際に胸がキリキリと痛んで死の直前にまでいく。冷や酒を飲んだときも同様の症状が出るんだよ」

と仰った。

「えばらぽんじいむさいきよってちよつぽのとんぐでいさぽいぽいしてえげらえげらばりむばりむ」

「スカ爺、おまえ、誰に通訳してるんだ？　もういいんだよ」

「あ、そう？　ほんだらやめるわ」

「そうですか。それは大変ですね。本当にドクターを呼ばなくて大丈夫ですか」

「ああ。大丈夫だ。途中からこのスカ爺があまりにも無茶苦茶な理解、というか、理解にすらなっていない、自分の都合のよいように私の言葉を勝手にねじ曲げて事を運ぼうとするものだから怒ってしまった。それで久しぶりに発作を起こしたのだ」

「まことに申し訳ございません」

私は深々と頭を下げた。

「げりにまんぞうのほどけんかいなし」

そう言ってスカ爺も立ち上がって頭を下げた。

「もうええ、言うてるやろ」

と、私は小声でスカ爺を叱ったが、太田様はそれを窘《たしな》めるように仰った。

「ああ、どうか、スカ爺を叱らないでやってくれ。実は私は感動したんだよ。なにに、って、このスカ爺さんが私の話すことを理解してくれたことに感動したんだ。そして、私の言葉のその訳を詮索しない、そのあなた方の態度にも感動した」

「ありがとうございます。光栄です。でもそれは買い被りです。私たちはホテルの従業員として当たり前のことをしたまでです」

「いや、それが違うんだな。私はこれまで様々の旅館、ホテルに宿泊して、その都度、言葉の問題で苦しんできた。まあ、向こうも苦しかったのかも知れないが、利益・利潤ということを考えれば私が一方的に苦しんだことになる。みんな私の言葉を嘲り、同時に私の言葉のその理由を詮索した。もちろんああなったのには理由があるのだがその説明もその言葉でなされるので説明は徒労だった。そのうち彼らは私を憎みだした。面倒な客、って訳だ。挙げ句の果てには気がおかしいみたいに思われて通報された。何度も何度も。ところが君は違った。スカ爺も違った。君は私を言葉ごと受け入れ、スカ爺にいたっては、これは驚くべきことだが、私の言葉を正しく理解した。稀有なことだ。これはまあ、途中までだけどね。げりむげりむ」

「そうだったんですか」

「そうだったんです」

「あげまにらんくまのみちゆみのにええぐ」

「もうええ、ちゅうてるやろ。ちゅうか逆に通訳してるやん」

「けれども私はただ自分の言葉が通じてうれしい、といっている訳ではないんだ」

「あ、そうなんですか」

「そうなんです。それは私がなんであんな喋り方をするようになったか、ということと深く関係しているのだが、こんな話に興味はありますか」

「ええ」

と答えてしまったが、こんなことをしているうちにも間明御夫妻、吉丸御夫妻がお着きになる。ホテルマン失格だが私は好奇心を抑えきれなかった。

「じゃあ話しましょう。僕は元々、真心とはなにか、という研究をしていた。もちろん、学徒・学者というわけではなく、数字・グラフに表され一方的に説明される実体経済のなかで藻掻くひとりの経営者として、真心という厄介なものを手なずけることとができればより大きな所得を得ることができるのではないか、と思っていたに過ぎない。ところが研究すればするほど真心は難しい。ことに言葉との関係において難しい。そのことを全部説明すると実に大変なのだが、簡単に言うと、責任ある立場の人が会見などで、心よりお詫び申し上げます、と言ったときそこに心がまったくもないことだ。そこで私は言葉の意味というものをいったんすべて排除して、気持ちだけで喋ったらどうなるだろうか、と思った。思ったらすぐに実行したくなるのは私の悪癖だ。私は旅に出た。旅に出て、真心のみで意味のない言葉がどこまで通じるか、という実験をしたというわけだ。ところが結果は惨憺たるものだった。ああ、やはり真心をつかむのは難しいのだな。と思い、同時に、言葉を持たぬものはかくも苦しく悲しい境遇に立たされているのだ、と、思ったのだ」

「わかります。わからないけどわかります。なぜなら私たちホテルマンの真心もまた引き裂かれているからです。木の枝に刺さった贄《にえ》のように。そのとき真心は言葉であり、言葉は真心です。意味のない真心だけの言葉。素晴らしいじゃないですか。私は憧れますね」

「それは孤悲のなかにすくと立つ。でも支配人はさっき、ズイジャーノといったね。はっきり言って、すっごいホテルだよ、ここ」

「ありがとうございます。恐縮です」

「木乃伊取りが木乃伊になる。僕は旅の過程においてもはや普通の言葉を、というのはすなわち意味とeasyに通交する一般語を半ばは話せなくなっていたのだが、ここに来て話せるようになったんだな。すべてはスカ爺や君のお蔭だ」

「いえ、それも太田様の真心ですよ」

「いやいや。それでね、そのうえで言うんだけどねえ、田舎の人ってのは、まりごんげ、だね。意味のなかで言うとおしゃべりだね。僕、ちょっと聞いたんだけど、なに？　このホテル、閉館するの？」

「はい」

「面倒くさいから単刀直入に言おう。原因は資金繰りだよね。そうだよね。わかった。それ、僕、よかったら力になりたいんだ。とりあえず、今日明日の仕入れのこともあるでしょう。ちょっとオーナーと一般語で話せるかな」

「はい。おそらく大丈夫だとは思います。あ、圧岡さん。ちょっとオーナーを呼んできて貰えますか。太田様がお話ししたいと仰ってますので」

「合点承知でさあ、支配人」

「こら。お客様の前でそんな話し方をしてはならない」

舌を出してあっちゃんが去った。

「ごめんなさい」

一時間ほど。オーナーと太田様は用意した部屋に籠もっていた。飲み物を運んでいった圧岡さんに、どんな感じだったか。と問うと、怒ったような声で、存じません。と言った。怒ったときに丁寧な言葉になるのは、おまえとは心理的な距離をとって居るぞ、と言っているということを言っているということを言っているのだろう。

「そんなこと言わないで教えてくれたらいいじゃないですか」

と、ネチネチと迫ろうと思ったのに、あっちゃんは取り澄ました顔で水を運び始めた。「ほんだら、俺が盗み聞きしてきたろ」

スカ爺はそう言って脇奥の逃げ戸から中庭に出て行った。蔦パーチから上りきってバルコンにいたるつもりなのだろうか。落ちて怪我をすればいいのに。

そんなことを思いながら、真心を込めて仕事をしていると、珍、と音がして昇降機の扉が開き、オーナーと太田様が降りてきた。

不思議なことに年の離れたふたりが一瞬、カップルに見えた。もちろん、そんなはずがなく、長年にわたって人を観察してきた私がなんで？　と訝っているとオーナーが言った。

「新町。みなに後で話するけど、喜ぶいいよ。ホテル、続けられることになた」

「ぼえええええええええっ。マジですか」

「ああ、マジよ」

と太田様がまるで従業員に言うように言った。ということは。

先ほど、太田様が仰っておられた出資話がまとまった、ということに違いない。そんなことを内心で心地の良さとともに思ったときオーナーが言った。

「そうなのよ。太田さんが出資してくれることになてな、太田さんは金持ちだから、なんぼでも無限に出資してくれるよ。太田さんはこのホテルにはそれだけの価値ある言《ゆ》てるよ。それは建物の価値だけやない、建物、それわからん人、更地にして売るよ。けど、この建物、価値あるよ。それ、太田さん、わかた。けど、太田さん、このホテルの価値、それだけやない、言てるよ。それは、manpower よ。真心ある言葉、それわかてるスカ爺、すばらし言てるよ」

よかった、と思った。うれしい、と思った。

というのはもちろん自分の働き口が存続する、失職しないで済んでよかったし、うれしい、と思ったのだけれども、それよりなにより、このホテルが存続することがよかったし、うれしかった。そう思ってオーナーの目を見ると、瞳の色が変わっていた。そのオーナーが言った。

「ほんと、よかたよ。実は矢細さんが私とsexしたいゆてなあ、私がsexしたらカネ貸す、ゆから、私、sexしよかとおもたけど、私、矢細、きらいにおもてたから、嫌で、ホテル潰すか、sexするか、迷い、あった。けど、太田さん来て、カネ呉れるから、ホテルはできるしな。みなも仕事もできるし、よかたと私、思うよ」

聞いて驚いた。あの、どこからみても小心で生真面目にしかみえない、銀行の矢細がそんな大胆なことを言っていたなんて。恐らくは、うまいことを言って俗に言う、やり逃げ、をするつもりだったのだろう。ひどい奴だ。死ねばいいのに。

そんなことは思う。誰だって思う。ここここ。変な笑いを笑ってると太田様が男としての自信を全身から発散させながら言った。

「くくくくくく。ちゃりもん、ちゃりもん。って、まあ、いまはここに真心があることは確認できているわけだから、真心を経由する手間を省いて一般語で言おうか。まあ、新町君、そういうことだ。君の名前は英語で言うとnew townということになるのだろうが、まあ、new、とか、改革とか、そういったことはしなくてもよい。とにかく攻めの姿勢でいってくれ。資金については私が無期限無制限に支援する。なあに、老いたとはいえ、まだまだ、やる気が根底から溢れて我ながら困惑しているくらいだからな。真心の研究なんてそれを紛らわすためにやっていたのかも。なんちゃって」

「ありがとう存じます」

胸がいっぱいでそんなことしか言えなかった。でも嬉しかった。続くんだ、このホテルが続くんだ。みんなの思い出で一杯のこのホテルをやめなくていいんだ。うれしー。

それが率直な思いだった。率直な思いを率直に喜ぶ。それが大事なんだ。嵐のなかをまっすぐに飛ぶカラス。そんな思い。それがなんて言うんだろう。大事なんじゃないかなあ。

と思っていると、バギャーン、脇奥の逃げ戸を乱暴に開いてスカ爺が入ってきた。スカ爺はロビーに立っている全員の顔を、一視同仁、みたいな感じで見て言った。

「ああ、すまん。聞かせてもろたけど、ほんだら今日はハーティーやな」

「ハーティー、てなんやねん。それもゆうんやったら、パーティーやろ」

「ああ、そうそうそうそう、パーティー、パーティー」

「阿呆なこと言うのではないよ、スカ爺。私たちホテルマンはお客様をお迎えする立場なんだよ。その私たちがパーティーを開いて浮かれていてどうするのですか。君は仕事に戻り給え」

そういったとき、あっちゃんが言った。

「でも、遅いですね」

「なにがですか」

「吉丸様御夫妻間明様御夫妻がまだご到着じゃないんですよ。おそらくバスのパターンとか列車のパターンから類推すると、少なくとも一時間以前に到着していないとおかしいんです」

あっちゃんがそう言ったとき、オーナーが、ああああっ、うそおっ。と言った。

「どうしたのですか」

「私、いま、話、聞いて私のアイホン開いてみたよ。そしたら東明高速で爆発起きて、道路みな潰れて。人間みな死んで無茶苦茶になたらしよ」

「なんということだ。痛ましいことだ」

「もしかして、吉丸御夫妻様間明御夫妻様は事故に巻き込まれてないでしょうね」

「吉丸御夫妻様は駐車場をご予約なさってます」

「テレビ点けるいいよ」

「テレビ点け、テレビ」

事務所のテレビを点けると、アナウンサーが硬い表情でニュースを読んでいた。が、それは東明高速爆発事故のニュースではなく、倉九曽鉄道九界登山鉄道線脱線転覆事故のニュースだった。阿鼻ヶ原駅と三九峠駅の間を運行中の四両編成の車輌が脱線転覆して死者重軽傷者が出ている模様だった。その後、現場の映像に切り替わったが、ただただ切迫した人々が右往左往する様子が映し出されるばかりで、知りたいことはなにひとつわからなかった。山を隔てているとはいえ、ここから十キロちょっとしか離れていないところで惨事が起こっていた。

「はっきりせんなあ、吉丸夫妻と間明夫妻は事故に巻き込まれたんか。巻き込まれへんかったんか。いったいどっちやねん」

「気になるよねぇ」

「そら気になるよ。はっきりせんとパーティー開かれへんやんけ、なあ」

「こら。なんということを言う」

結局、その日、間明御夫妻吉丸御夫妻のご到着はなかった。予約の際にお伺いした連絡先に電話を掛けたがどなたもお出にならなかった。そして朝刊で両夫婦が事故で亡くなられていたことがわかった。

「はりまげん、くんぬくんぱ」

「心よりのご冥福をお祈り申し上げます」

「はりまげん、くんぬくんぱ。えもし」

みなで唱えて冥福を祈った。冥福という言葉の奥にあるものがなになのかを自分たちが知らないということをまったく考えずに、純金な心で。冥福。を祈った。

ちやりべんのみも。翌日の昼、太田様がご出発になった後、あっちゃんが鳳《おおとり》を見た。鳳は東から西へ、湖面すれすれに飛んで、山の斜面を駆け上がるように飛翔した、とあっちゃんは言った。けれども鳳は疲れ切っていて、いまにも力尽きて墜落しそうだったという。もしかしたら山で死んだかもしれない。だとしたら可哀想だから死骸を探して葬ってあげたい。

あっちゃんはそんなことも口走った。

けれどもそれは許されない。私たちは伝説の瑞獣を葬ることはできない。死骸を見ることも許されない。なぜなら私たちホテルマンは私たちの心のなかの瑞獣、別の言い方で言うと真心、が死なないようにするのが仕事だからだ。

それが生きてこそ、私たちはいちいち動揺せず、一夜の清潔な宿りと簡素で美しい食事を提供できる。

そのために瑞獣に捧げるものは、というと聞こえはよいが、瑞獣に与える餌は人それぞれ。スカ爺はスカ爺でなにかを与えているのだろう。だからこそ、太田様の言葉が理解できた。

じゃあ、私はなにを与えているのだろうか。どんな餌を与えているのだろうか。それはもの凄くコツコツしたことだ。丁寧な態度とか。面倒くさいことを厭わないとか。

でも、瑞獣は弱っていった。稼働率が落ちていった。

でもやるしかない。できることをやるしかない。私ども自身が奇瑞だと思って、奇瑞を作り続けるしかない。とりあえずホテルは死を免れたのだから。

そうだ。さあ、またお客様がいらっしゃる。いらっしゃってくださる。それもまた奇瑞だ。そう思って、でもそんなことを思ってるということを絶対に気取られないようにしてフロントに立つ。風景が線になって後ろに流れていった。湖面から濃い霧がありえないくらい猛烈に立ち昇り、世界が真っ白になって、なにも見えなくなった。

銀盆を持って通りがかった、あっちゃんが、

「真っ白で、どこまでも真っ白でなにも視えなくなっちゃいましたね、支配人」

と、言った。

私は言った。

「慌てることはなにもない。どんなに真っ白になっても、なにも見えなくなっても霧はいつか晴れる。必ず晴れる。それを待つしかない」

「ほんとかしら」

疑わしげに言ってあっちゃんは銀盆を胸に抱えて去った。

私は表に出てみた。

十五センチ先が見えなかった。

霧はどしどし湧き出ていた。

私は真心で祈った。

「もりげんじゃあ。べるしんぼうにくんげ。べるしんぼうにくんげ」

次の瞬間、もっと霧が湧き出てきて十五ミリ先が見えなくなった。

私は半笑いで、

「慌てることはなにもない。どんなに真っ白になっても、なにも見えなくなっても霧はいつか晴れる。必ず晴れる。それを待つしかない」

と今度は普通の言葉で言った。

霧はいよよ深い。

雨女

湖面に雨が降り注いでいた。

周囲を山に囲まれたその湖には龍神が棲むという伝説があった。

随分と広い湖で、一周するのに大人の足で五時間かかった。

そんな広い湖の湖畔には、遊覧船乗り場、レストラン、美術館、ペンション、ホテルといった観光施設が点在し、季節を問わず多くの来訪客を集めていた。

しかし、いまはどうだろう、空は灰色に曇って、雨は降り続け、そのうえ霧まで出てきて、人の姿がまるでなかった。

湖から少し斜面を登った高台の頂にある九界湖ホテルのフロントにも人影がなかった。

正面の、いまは灰色だが、晴れた日には九界湖が一望できるテラスに至るガラス扉のあたりにも。その右側の、いまそれを新たに作ろうと思ったら莫大な費用がかかるであろうことが素人でもわかる装飾的で優美な階段のあたりにも。そのさらに右側の帳場のあたりにも。また、その右奥のバーの入り口のあたりにも。

さらには左手の廊下に至る出入り口のあたり、昇降機ホールのあたりにも人影はさらになかった。

ここまで誰もいないと不安になってくる。いったいどうしたのだろう。どうなっているのだろうか。世界が滅亡してしまったのだろうか。

そう思う頃、バーの方から、書類ファイルのようなものを手にした四十がらみ、そろそろ頭の薄禿のようなことになりかかる、制服を着た男が入ってきた。支配人の新町高生である。新町はフロントのあたりで、立ち止まり、ちょっ、と舌打ちをして言った。

「なんだ、誰もいないじゃないか。あっちゃんはどこへ行ったんだ。また、裏庭でドジョウすくいの練習でもしているのだろうか。まったく困った子だ。困った子猫ちゃんだ」

新町がそう言ったとき、左の廊下からひとりの若い女が現れた。髪を結いあげ、制服を着て、踵のある靴を履いた、美しい女だった。

従業員の圧岡いづみである。圧岡は新町に、半ばは怒ったような、半ばは媚びるような調子で言った。

「もー。支配人。私、ドジョウすくいの練習なんてしませんよ」

「ああ、聞こえていたのか」

「聞こえてますよ。私、そんなことしたことないですからね。あと、子猫ちゃんって なんなんですか。やめてくださいよ」

「ああ、すまん、すまん。帳場に誰もいなかったものだから。そういえば、昨日から 用紙が切れていて、補充しなければと思っていたがついそのままになっていた。おそ らく、それを探しに倉庫に行ってたんだろう。いや、バイトを雇いたいんだが、なか なかそうもいかなくて、悪かったね。今度から私に言ってくれれば私が行くからね」

「いえ、違うんです、支配人」

「じゃあ、なにをしに行ったのかな」

「従業員控え室でお茶飲んでたんです」

「がくっ。って口で言っちゃったよ。じゃあ、サボってたんじゃないか」

「申し訳ありません」

「申し訳ありませんじゃないよ。そりゃ、今日はご予約のお客様も三組しか入ってな くて稼働率、最悪だけれども、そのうちの一組は大事な取材のお客様なんだからね。

ちゃんとしてくださいよ」

「はい」

「あ、ほら、お客様が見えた」

新町はそう言って圧岡の肩越しに玄関を見た。圧岡も慌てて玄関の方に向き直った。

玄関には若い男が二人、若い女が一人、合計三人が立っていた。地味な三人連れだった。

いずれも学生で、それぞれ名を石田充、田尾忠太、尾崎秀美といった。石田と田尾は友人で、田尾と尾崎はカップルである。

休暇を利用してのグループ旅行なのだが、本来、尾崎は田尾と二人きりで旅行に出たいと思っていた。にもかかわらず、田尾は男の友情とかなんとかいって石田を誘った。

そのことを尾崎は不満に思っていたが、今回の旅行ではそれを態度に表さないようにしようと決意していた。

「予約していた田尾ですが」

「田尾様、お待ちしておりました」

ぜんぜん待っていなかったのにもかかわらず新町がそう言った。

「こちらへどうぞ」

新町はそう言って、三人にソファーに座るようすすめた。

「チェックインはこちらでどうぞ」

「噫座主」

そんなサービスに慣れていない若い田尾はへどもどしてそんなことを言った。

三人の客がソファーに座り、圧岡が書類とペンを持ってきた。客が書類に自分の名前や連絡先を書き込んだ。

そのとき、バーの方からひとりの老人が現れた。異様の風体であった。格子縞のジャケットを着てネクタイも締めていたが、ベージュのサファリパンツを穿き、革靴ではなく客室のスリッパを履いていた。禿げた頭頂部の左右に白髪を長く伸ばして先端で束ねていた。

須加治一郎。通称、スカ爺。一応はホテルの傭人ということになっており、ホテルの仕事をするにはしたが、実際は客分のようなものでほぼ自由に振る舞い、周りもそれを容認していた。なぜならスカ爺はホテルの創始者・切森恩治の莫逆の友であったからである。

「田尾様。当ホテルよりのウェルカムドリンクでございます」

スカ爺は、そんなことを言うなど恭謙な態度で田尾らに飲み物を配った。

田尾たち、ことに尾崎秀美はこのサービスを気に入った模様で、やあ、うれしいわあ。と歓声を上げた。

「ネットで、むっちゃ、いいホテルって紹介されてたから来てみたけど、ほんま、ええホテルやわ。忠太君、ありがとう。秀美、むっちゃ、うれしい」

尾崎は自分が、田尾から、そして石田からも、最大限、見える角度に留意しながらそう言った。そんな尾崎にスカ爺がにこやかに言った。

「いっやー、生憎の雨ですねぇ。天気予報ではメチャクチャ晴れる言うてたんですけどねぇ、でもまあ、雨の湖畔というのもこれまた風情のあるものですし、それに、この湖の周りには、いま話題のパワースポットというのもございますので、後で行ってみられたらどうですか。すごいパワー強いらしいですよ。仰っていただけば私がいつでもご案内いたしますですよ」

「うわあ、行ってみたいわあ。よろしくお願いします」

とそんなやりとりをするスカ爺とお客様を新町は微笑んで見ていたが、内心では苦々しく思っていた。なぜなら、ホテルではウェルカムドリンクのサービスなどやっておらず、スカ爺が独断でしたことだったからである。

客が各々の部屋に入り、また、圧岡も客室の方へ行って、フロントには新町とスカ爺が残った。新町がスカ爺に言った。

「スカ爺、なんであんな勝手なことするんですか。困るじゃないですか。やめてくださいよ」

「儂はおまえ、今日は大事な雑誌の取材の客が来る、言うから咄嗟の判断でサービスしたったんやないか」

「それがいかんのですよ。そりゃあ、雑誌の取材は大事ですよ。さっきのお客様もインターネット上での評判を聞いて予約した、と仰ってましたくらいだからね。ましてや、今日取材に来る雑誌っていうのは、そこいらのしょうむないタウン情報誌とかじゃなく、あのVOREGYAなのだからね」

「え？　あの一流出版社から出ている、女性ファッション誌のVOREGYAですか。この雑誌が売れないと言われているご時世に公称八十万部という部数を誇り、幅広い層に絶大な影響を与えていると言われている、あの、VOREGYAですか」

「そうですよ」

「煉獄のFashion、淪落のCosmeticという言葉を流行らせた、あの、VOREGYAですか」

「そうですよ」

「気鋭の写真家、気鋭のデザイナー、気鋭のライター、気鋭の評論家、気鋭の学者など、全業界の気鋭精鋭が集結したと、業界の話題を呼び、話題を呼んだことがまた話題となってどんどん世の中に広がっていった、あの、VOREGYAですか」

「そうですよ」

「美人編集長がテレビでも人気の、あのVOREGYAですか」

「そうですよ」

「先月号は、田園特集という一見、意味不明な特集で、こんなもん売れるんかいな、とみんな心配していたのに、いざ蓋を開けてみたら大売れでみんな驚いて、それで……」

「もう、ええわ。もう、VOREGYAの情報いらん」

「ああそう？」

「ああそうじゃありませんよ。まあ、兎に角、それくらいに大事な取材なんですからね。太田さんのほうも会社の方がいま大変みたいで、前みたいに増資に応じられる状況じゃないみたいだし、ここで一番、いいように書いてもらって稼働率を上げないと拙いんですよ。だからスカ爺にも働いてもらわないと」

「わかった、わかった。儂もここ潰れたら困んにゃから頑張るがな」

「お願いしますよ。あ、お客様がみえた」

新町はそう言って、スカ爺の肩越しに玄関の方を見た。

玄関あたりに男がひとりで立っていた。スカ爺が言った。

「おっ、いよいよ、VOREGYA の取材が来たんやな。まかしとき。儂がウェルカムシャンパン持って来たるから」

「あ、これもう、だからそういうのは……」

新町はそう言い、スカ爺をとどめようとしたがスカ爺はそれを聞かずにバーの方へ足早に行ってしまう。それを追えば客を放置してしまうことになることを知っている新町は一刹那、逡巡したがすぐに客に向き直り、「九界湖ホテルへ、ようこそ」と穏やかな声で言って頭を下げた。

客は四十歳くらいの男で、ボストンバッグを提げ、ティーシャーツにジャケットにスニーカーというラフな服装であったが、いずれも十万かもしかしたら二十万くらいはするものだった。ボストンバッグは銘柄物で三十六万円もするシロモノだった。しかし、その華美な外見とは裏腹に男は悄然としていた。声も小さく、背中も丸まり、目つきは暗く、足取りは重く、なにか言おうとする度に、コホコホと咳き込んで、その挙げ句、噎《む》せて苦しんだ。

吉良鶴人である。

吉良は見たとおり懊悩していた。なにがそんなに吉良を苦しめていたのか。吉良は、恋人、船越恵子のことで、苦しみ抜いていた。

幸福なカップルであるはずであった。吉良は都心にオフィスを構える建築デザイナーで、年齢は四十一歳。仕事は順調で年収は五年くらい前から三千万円を超えている。若い頃に一度結婚したことがあるのだが、すぐに離婚して子供はいない。郊外と都心にマンションを所有している。ローンなどはない。いささか心が弱く、感情過多なところがあるのだが、人間愛に満ちた男であった。

船越恵子は三十五歳。薬剤師をしていて母親と同居している。数年前に父親を亡くしたが、国家公務員であった父親が遺してくれた家が豊島区にあり、家賃を払う必要もないため、余裕のある生活をしている。すらりとした美人でこれまで何度か心を寄せた男性もあり、交際をしたこともあるのだが、なぜか、つきあって暫くすると、男はみな恵子から離れていき、結婚にはいたらなかった。

そんな二人はある雨の日、セミナー会場で出会い、互いに口をきくようになり、恋に落ちた。その経緯はいたって陳腐なものであったが、ふたりは年齢的にもまた性格的にも調和し、また、経済的にも恵まれている者同士でもあり、いかにも似合いのカップルであった。二人は互いの時間をやり繰りし、時間と場所を決めて何度か会った。

都心のホテルの一室で初めて二人は結ばれた。

しかし、それはアクシデントのようなものだった。その日、二人は都心のホテルのレストランで食事をともにしたが、一泊する予定はなく、それぞれの家に帰る予定だった。ところが、食事の途中から激しく雨が降り出し、その勢いはやまず、都内の至るところが浸水、地下鉄構内も水浸しになって交通が途絶、帰るに帰れなくなって、ダメモトと相談したところ、幸運にもホテルの一室を確保することができたのであった。

とすれば慌てることはなにもなかった。二人は食事の後、バーに移動し、それから部屋に入って、ごく自然な成り行きで結ばれた。それは健康な男女として当然のことであった。

それは吉良にとって素晴らしい時間であった。朝になって、ややましになったものの雨はなおも降り続き、世の中は大変なことになっているようだったが、部屋の中は穏やかで静かだった。吉良は豪雨に感謝のキスをしたいような気分だった。

ところが。恵子がふさぎがちだった。

吉良はいぶかった。なぜだろう。あんな素晴らしい夜を過ごしたのに。いったいなにが気に入らなかったのだろうか。もしかして僕に原因があるのだろうか。いや、気のせいだろう。きっと恥ずかしがっているだけだ。そうにちがいない。と、吉良はそう思っていた。

ところがそうではなかった。それ以降、恵子と連絡が取りにくくなった。

それまでは連絡をすればすぐに返信があったのに、返事は途絶えがちとなり、たまに連絡が取れてもやり取りはぎこちなく、会う段取りもうまくつけられず、それ以来一度も会えていなかった。思い出したように恵子から唐突に熱烈な内容のメールが送られてくることもあった。吉良はすぐに返信をしたが、それに対する返信はなかった。恵子のなかでなんらかの心境の変化があったのには違いがなかったが、それがなになのか、吉良には見当もつかず、吉良は懊悩していたのだった。

少し後、スカ爺と吉良はバーにいた。

チェックインの後、吉良は、湖畔に散策に行く、と言った。

そのときスカ爺は直感的に、吉良は自殺をするのではないか、と、思った。そこでスカ爺は吉良をバーに誘ったのだった。

「散策もいいが、まだ、雨がけっこう降ってますよ。どうです。そこで、この年寄りにつきあってくださらんか」

「え、あなたは、ここの従業員じゃなかったんですか」

「ははは。従業員というか、まあ、自由な身体ですよ」

「え、じゃあ、オーナーさんですか」

「ほほほほ、ま、そんなようなもんや」

「そうだったんですか。ぜひぜひ。実は僕も飲みたいような気分だったんです」

そんなことを言い合って二人は連れだってバーに入っていったのだった。

黙りこくって一杯飲んだ後、スカ爺が唐突に言った。

「ところで、あんた、自殺する気ぃやったんと違うか」

言われて吉良は、まったく考えてもいなかったことを言われたかのような顔をして、えっ？と驚き、それから、「違います、違います。そんな気は全然ありません」と言った。

それでもスカ爺は疑わしげに、「ほんまかー。どう見ても死の思てる奴の態度やったけどなあ」と言った。吉良はなおも否定して、

「え、マジ、違いますよ。だって僕、ここで待ち合わせしてるんですから」

と、慌てて言い、待ち合わせ、と言ってから急に項垂《うなだ》れてなにも言えなくなった。

「ほらみてみい、落ちこんどるやんけ。なにがあったんや、言うてみい」

スカ爺にそう言われて、急速に回ってきた酔いのせいもあってか、吉良は恵子とのこと、すなわち、順調な交際であったのに一夜をともにしてから恵子の態度が明らかに変わったこと、それに対して自分がどれほど苦しんだか、を一気に話した。

そこまで話を聞いたスカ爺は言った。

「つまり、振られた、ということやな」

「それが違うんです」

「どこが違うねん」

「実は、恵子は僕を深く愛しているということがわかったんです。でも、恵子は僕と一緒にいられないんです」

「どういうこっちゃ」

「実は恵子は……」

「なんやねん」

「雨女だったんです」

吉良がそう言った瞬間、雨がまたいっそう激しくなって、硝子戸に雨粒が当たる音が響いた。

行事やなんかにその人が参加すると必ず雨が降る、みたいな人のことを雨男雨女というが、船越恵子は稀代の雨女であった。

吉良がそのことを知ったのは初めて一夜を過ごしてから半年後のことであった。吉良は、このままでは苦しすぎる、いっそのこと面と向かって会いたくない、と言われれば気持ちの整理がつく、と考え、ある日の正午、以前にもらった名刺を頼りに恵子の職場まで押しかけていった。そんなことをすれば嫌われるのはわかっていた。わかっていたが、いっそのことはっきりと、迷惑なので関わり合いにならないで欲しいと言われたい、という気持ちがあった。

職場に現れた吉良の姿を見た恵子は驚いた様子であったが、怒っている風ではなく、少し話したい、という吉良に淡々と、わかった、と言い、近くのカフェで待つように言った。

十二時三十分を過ぎ、来ないのではないか、と思う頃、恵子はやってきた。取り乱したようなところは少しもなく落ち着いた様子だった。そして恵子が話したその話はにわかには信じがたい奇々怪々の物語であった。

恵子が、もしかしたら自分は雨女かもしれない、と、自覚したのは小学三年の秋だった。その日は、恵子がずっと前から楽しみにしていた遠足の当日だった。前夜、恵子はてるてる坊主をこしらえた。それまで、遠足に限らず、運動会や家族旅行など、恵子が楽しみにしていた行事はことごとく雨に祟られた。中止になったのも決行されたものもあったが百発百中で雨であった。そして迎えた当日の朝もやはり雨であった。

駄目だったか。そう思って立ち上がろうとして寝床に崩れ落ちて起き上がれなかった。母親が慌てて体温を測ると三十九度あった。

「もし晴れたとしても駄目だったわね」

母親がそう言った瞬間、薄日が差してきた。電話が鳴った。連絡網により、決行、の報せがもたらされた。それに対して、「熱をだしたので休ませます」と言っている母親の声を寝床で聞きながら恵子は、もしかしたら雨が降るのは私のせいかもしれない、と、はっきりしない頭で思っていた。

年が経つにつれ、そのぼんやりとした疑いは確信に変わっていった。天気は恵子の心の動きに正確に連動した。すなわち、恵子が浮き浮きした気分になると必ず雨が降り、気分が沈むと晴天になったのである。

また、それは気分のみならず、体調にも関係していた。恵子が気分爽快で、気合いに満ちているときは必ず雨が降り、病気になったり、気分が沈んでいるときは必ず晴れた。

それがわかったとき恵子はまず怯えた。みんなが楽しみにしている行事が中止になるのはみな自分のせい、ということがみなに知れたら自分はどんな目に遭わされるだろうか。それを考えると恐ろしくてならなかった。

けれども、天気が恵子の感情や体調に直結しているなどという突飛なことを考える者はただの一人もなく、両親ですらそんなことはついぞ考えなかった。ただひとり、青木君、という男の子だけがそのことを察知した。青木君は、みんなの前で、雨が降るのは船越さんのせいだ、と訴えた。恵子は青ざめ、心臓に痛みを感じた。倒れるかも知れない。と思った。けれども誰も取り合わなかった。強い近眼鏡をかけいつも青洟を垂らしてニコニコ笑っている青木君は、ちょっとギリギリな感じの残念ちゃんであった。

また、その頃になると、行事の日に雨が降るということは殆どなくなっていた。なぜならそんなことがわかって以降、恵子が行事・イベントを心待ちにするということはなくなり、というか逆に、ことさら自分が雨女であることを意識させられる行事・イベントを疎ましく思うようになっていたからである。

そうして、自分が糾弾されることがないとわかった頃から恵子は世の中に対して申し訳ないような気持ちを抱くようになった。

例えば、中学生になった恵子はある日、ショッピングモールでアイスクリームを買って食べた。素晴らしくおいしいアイスクリームで恵子は幸せな気持ちになってしまった。したところ、それまでまったくそんな天気ではなかったのにもかかわらず、一天にわかにかき曇り、やがて車軸を流したような雨が、どぅわあっ、と降ってきた。そして、まただ、と悲しい気持ちになる恵子の隣で、主婦たちが、「どうしよう。洗濯物干してきちゃった」「私なんかお布団干してきちゃった」と言って絶望しているのを聞き、さらにその悲しみと苦しみを深くした。

そんなことが続くうち、恵子は自分を激しく責めるようになった。私のせいでみんなが迷惑している。私のためにみんなが悲しんでいる。

そんな風に恵子が自分を責めると、今度は何ヶ月も雨が降らなくなって、人々は旱《ひでり》に苦しんだ。ダムが干上がり、田舎では作物が実らず、都会ではミネラルウォーターが店頭からなくなった。

こんなときこそ私が楽しい気分になって雨を降らさなくちゃ。そう思った恵子は、好きな音楽をかけて踊り狂ったり、キャンドルを浮かべた風呂に入ってことさら、「癒やされるー」と言うなどしたが、雨は降らなかった。根底に義務感があり、心の底からエンジョイしていなかったからである。

こんなときこそ役に立つべきなのに。だめだった。恵子は無力感にうちひしがれ、それ以来、感情を封印した。喜びからも悲しみからも自らを遠ざけた。また、極度に健康にならないように、かといって病気にならないように、体調管理に万全を期した。曇天。そう、それが恵子の理想であった。恵子は曇ったような人間であろうとした。

もし恵子が不細工とは言わないまでも、地味で目立たない容貌であれば或いはそれも可能だっただろう。しかし、恵子は人を引きつける容貌の持ち主で、多くの異性、そして同性が恵子に近づいてきた。恵子は、高校に通う頃には、いつも級友たちの中心にいる華やかな存在、になってしまった。ならばせめて、心だけは強く持っていないと、と恵子は自らを戒めていた。

とはいうものの、恵子とて若い女性である。なんとも思っていない相手であれば、冷静に距離を保つことができたが、内心に惹かれるものを感じる異性から声をかけられたり、話したりすれば、当然のごとくに胸が高鳴った。そして、ついに恵子はそんな相手から愛の告白を受けた。

恵子は、ぼう、となってしまい、その後、なにを話したのか、どこを歩いたのかもよくわからない、夕方になって家に帰り、食事もとらないで自室に籠もり、制服のままベッドに倒れ込んで気を失った。

ただならぬ雰囲気の両親に起こされて気がついたのは深夜であった。日本全国に観測史上最大、というか、観測不能、意味不明の筆舌に尽くしがたい豪雨が降り、避難命令が出ているから早く起きろ、という意味のことを両親は喚き散らし、発狂していた。

翌日、避難先の小学校で全国の甚大な被害を知った恵子は慄然とした。恵子に愛を告白した憧れの先輩が増水した川を見に行って死んだ、ということもわかった。私のせいだ。私が恋に浮かれたためにこんなことになったのだ。もう私は二度と恋などしない。恵子はそう心に誓った。

とはいうものの、恋心というのは理性で抑えられるものではなく、ましてや恵子は若い女性で、大学二年のときに恵子はまた恋に落ちてしまった。

いけない。こんなことをしていたら大変なことになってしまう。そう思いながら、恵子は愛しい人に抱きしめられて幸福であった。そして、恵子は、もしかしたら、と思っていた。

もしかしたらすべては偶然で気のせいだったのかも。

それは恵子にとって心温まる考え方だった。

すべては偶然だった。天気と自分にはなんの関係もなかった。私は自分と世界のつながりをことさらにこわばったものとしてとらえていた。それはスピリチュアルな感じの人たちが単なる偶然にことさらの意味を付け加えて解釈するようなもの。きっとそうだ。そうに違いない。

恵子は愛おしい人の腕の中でそう思った。それはもはや祈りであった。

そしてその夜。雨は降らなかった。やっぱり気のせいだったんだ。偶然だったんだ。そう思って恵子は歓喜した。歓喜して習慣的に、しまった歓喜してしまった、と思って、いや、違うんだ。私は自由に歓喜していいんだ、と思い直して、爆発的に歓喜した。

その夜、考えられないくらい巨大なハリケーンがアメリカ合衆国を襲い、一州がまるごと壊滅するほどの被害をもたらした。

地球規模なのかっ。

翌朝、そのことを知った恵子は絶望のあまり嘔吐した。

それ以来、恵子は今度こそ完全に感情を封印し、なにごとにも心を動かさぬように生きてきた。そして学校卒業後、巨大なマスクでその美貌を隠し、薬剤師として働きだして、三十五歳になって漸く、その境地を楽しむようになった。

はずであった。ところが三十五歳にして吉良鶴人に出会ってしまったのである。

苦しみから逃れるためであろうか、何杯も杯を重ね、目の下を赤くした吉良は苦しげに言った。

「僕は問いただしました。なぜ、そんな態度をとるんだ。僕が嫌いなのか、嫌いになったのか、とね。初め恵子は言を左右にしていましたが、ついに告白しました。自分が雨女であること。自分が僕を愛し、僕と結ばれて幸せになれば多くの人を苦しめることになること。なので、自分はあなたの前から去るしかないのだ、と恵子は言ったのです」

内心で面白がっていることを隠すためにことさら深刻な表情をつくってスカ爺が問うた。

「それで君はなんといったのかね」

「僕は言いました。それでも僕は君を愛してる、と。ところが恵子は、別れて欲しい、の一点張りで、その後はどのようにしても会って貰えないんです。そこで僕は最後の手紙を書きました。三月七日、すなわち今日ですね、このホテルで君を待つ。どんなことがあっても来て欲しい。僕は僕の愛の力で、その日の夜、雨を降らせないようにする。災害も起こさない。だから、必ず来てくれ。きっと来てくれ。もし来てくれないときは、そのときはきっぱり君のことを諦めて生涯独身で暮らす。来世で君と結ばれることを夢みて、と。ほほっ、でも駄目ですよね。今日もずっと降ってますもんね。実際の話が僕は祈禱師でもなんでもなくて、ただの建築屋ですしね。雨なんてやませられる訳ないんですよ。愛の力なんつったって、ただの思い込みであってね、なんの現実的な力もないんですよ。ははは、ばかばかしい。すみません。もう一杯、いただけますか」

「もう、やめといたほうがええんちゃうか」

「そっちから誘っといてなに言ってンですか。いいから、もう一杯もってこいよ、爺い」

「あんた、割と酒癖、悪いな」

スカ爺はたじろいだ。面白がって酒を飲ませたのだが、こんなだったら飲ませなければよかった、と思った。

スカ爺がそう思ったとき、玄関にまた客が現れた。

大きな鞄をいくつも持った男と、革鞄を持った男と、サングラスをかけたおかっぱのおばさんだった。高級女性ファッション雑誌、VOREGYAの、カメラマン、大馬心一、編輯者の山野百兵衛、そして、ライターの赤岩ミカであった。赤岩ミカは、つばの広い帽子をかぶり、裾の部分がひらひらした、膝頭までの花柄のワンピースを着て、真っ赤なハイヒールを履き、真っ赤なルージュを塗りたくっていた。おかっぱ頭は黒々としていたが所々が栗色だった。百八十万円くらいする銘柄物の革鞄を持っていた。旅行鞄は持って居らなかった。そのかわり山野百兵衛が鞄を二つ持っていた。はっきりいって不細工であった。

そのときロビー付近には新町と圧岡がいた。一目で雑誌の取材の人たち、と見破った新町は進み出て言った。

「山野様、お待ちしておりました。ようこそ当、九界湖ホテルへ」

「よろしくお願いします」

山野が進み出ていった。そのとき、大馬は山野の少し後ろ、より玄関に近いところで、台車に荷物を積み込んでいた。それを見た圧岡が駆け寄って手伝おうとした。大馬は、「いえ、自分でやりますからけっこうです」と言った。その目を見た圧岡は、まるでこれから出撃する特攻隊かテロリストのような目だ、と思い、胸の鼓動が速くなるのを感じた。と、同時にいやな胸騒ぎを感じた。

「私、スカ爺、呼んできます」

そう言って、圧岡はバーの方へ歩いていった。

そのとき、大馬よりさらに玄関に近いところ、新町と山野から離れたところ、見ようによっては不自然なほど離れているのではないか、と思われるあたりに赤岩ミカは立っていた。

赤岩ミカは、片足をやや曲げて膝頭と内腿をすりあわせるようにして、上体をやや曲げ、右手を頬に、左手を腰のあたりに当てて、上目遣いで周囲の様子をうかがったり、下を向いて、ほっ、とため息をつくなどしていた。

その赤岩を指して山野が言った。

「今回の記事を書いていただく赤岩ミカさんです」

「あ、これはこれはご高名はかねがね伺っております。新町と申します。当ホテルの支配人を務めております。いろいろいたらぬ点があるかと思いますがこの度はどうかよろしくお願い申し上げます」

と丁寧に言う新町に赤岩が言った。

「赤岩ミカと申します。よろしくお願いします」

おかっぱの偉そうなおばはんの割に、ことさらに語尾を上げて可愛いぶった、まるで十五、六のアイドルタレントのような口調だった。新町は、気色悪っ。と思った。けれど新町はそれを表情に出さない。それこそが真のホテルマンだと新町は信じていた。

「スカ爺、雑誌のお客様がいらしたので荷物運ぶの手伝っていただけませんか」

声を潜めて言う圧岡にスカ爺は、

「ああ、わかった。いますぐ行く」

と言って席を立った。圧岡は慌てて言った。

「こちらのお客様は大丈夫なのですか」

「ああ、大丈夫や」

スカ爺は立ち上がり、酔っ払ってよだれを垂れ流し、意味のわからないことを言ってケタケタ笑っている吉良を見下すように言った。

さっきは自殺をしたら大変だ、と心配したが、こんな奴は別に死んだって構わないっていうか、死ねばいいんだ。スカ爺は内心でそう思っていた。

「じゃあ、支配人さん、夕食の前にちょっとだけ打ち合わせいいですか」

山野が言うと、赤岩が言った。

「じゃあ、山野さん、その間、お部屋で休ませてもらっても大丈夫ですかあ」

「もちろんです」

「やったあ」

また、赤岩が可愛いぶり、新町は嘔吐を催した。実はその向こうで荷物を運んでいた、大馬とスカ爺も嘔吐を催していた。帳場のところにいた圧岡も嘔吐を催していた。山野だけは嘔吐を催していなかった。もう長いこと赤岩の担当をして慣れっこになっていたのだった。

夕食の時間が終わる頃、雨が一段と激しくなってきた。

「また、道路が途絶しなければよいのだが」

心配そうに言う新町に圧岡が言った。

「本当ですよね。このあたりはなにかというとすぐ交通が途絶しますからね」

そう言いながら圧岡は内心で、なんでこんなところに就職してしまったのか。いやなことだ。と思っていた。

「ところで」

と、新町が言った。

「吉良様がまだお食事がお済みじゃないんだ。ご気分でもお悪いのかな。さっき女の方から電話があったのだがお部屋にもいらっしゃらない」

「どうなんでしょうね。私には関係のないことですから知りませんけどね」

そんなことをいう圧岡に新町はなにも言えなかった。

雨がまたいっそう激しくなった。


同じき頃、バーに、赤岩と山野とスカ爺がいた。赤岩はマティーニ、山野は鉱泉水、スカ爺は焼酎を飲んでいた。赤岩は泥酔していた。泥酔して調子に乗っていた。つばを飛ばし、真っ赤な顔で喋り散らしていた。股がひろごり、よだれが垂れていた。大きく開いた口からまともに嗅いだら死ぬぐらいくさい息が漏れていた。赤岩は言った。

「やっぱ、ボブよね。髪型はやっぱボブよ」

「ボブすか」

「ボブよ、ボブ。わたしゃボブしか認めない。うーん。認めない。なにあの、さっきの子、キャバ嬢じゃねぇんだからさあ、いくら可愛い顔してても、あんな髪、巻いてちゃ駄目よ」

「ボブってなんやねん」

「だからボブよ、ボブ。スッキャッ、スッキャッ、スッキャッ、スッキャッ、スッキャッ、スッキャッ、スッキャッ、っね。刻んでいくのよ。はっきり言って私は七九年の初来日、渋公でみてますからね。楽屋も行ったのよ。ボブには会えなかったけど」

「なんの話やねん」

「だから、ボブ・マーリーよ。でもあれね、アイタルフードとか言ってるけど、みんなけっこう、ビッグマックとかペプシとか食べてたわよ」

「マジすか」

「マジよ。でもあれよね、食べ物とかはほんと大事よね。山野ちゃん、やってる？マクロビオティック」

「ああ、忙しくてぜんぜんできてないんっすよ」

「駄目じゃない。やんなきゃ」

「ミカさん、やってるんですか」

「ううん。ぜんぜんやってなーい。ばはははははは。だってぇ、忙しいんですもの。

昨日も勝村さんとお食事だったしぃ」

「えっ、勝村さんって、あの、勝村会長」

「ええ、ですわ」

「すっげー」

「すごくないわよ。うざいおっさんよ。トイレから戻ってきたらチャック開いてるし、げはははは。でもさすがにお料理はおいしかったわよ。和食だったんだけどね。いままで食べてた和食ってなに？　って感じだったわ」

「え、ほんだらほんだら」

「なにかしら」

「今日の料理はどうでしたか。有名な雑誌の人が来るいうんでね、シェフが寝んとメニュー考えて材料もええもん仕入れてきたらしいんですわ」

「えええええ？　あたしのために。うれしいっ。ありがとう」

「で、味はどうでした」

「うれしいっ、ありがとう。ミカ、泣いちゃいそう。うれしくって」

「ちょっと失礼します」

スカ爺は立ち上がってレストルームに行き、ひとり静かに嘔吐した。嘔吐しつつスカ爺は、あんな口調で喋るのは料理が気に入らなかったということではないだろうか、と思った。

それは事実だった。

スカ爺が嘔吐している頃、赤岩は山野に暴言と毒舌を吐きまくっていた。

「おほほ、って感じよね。まるで吐瀉物だったわよね。田舎は駄目ね。はっきり言って意識がね、低いのよ。人間としての遺伝子を組み換えた方がいいわね。この地方はもうタクシーの段階から狂ってますものね。意識の低い人とはいくら話しても無駄よ。普段から吐瀉物を、ウマイー、と言って泣き狂ってるような方とはね。あんなスカ爺とか死ねばいいのよ。こんなことをしてるから、この国はいつまで経っても脱原発できないのよ。わたし、ブランデーいただくわ」

「あ、マティーニはもういいですか」

「もう、たくさん。だってこのマティーニ、あはははは、あはははは」

「どうしたんですか」

「今子ったらバカね」

そう言って赤岩はしばらくの間、スマートホンをいじくって笑っていた。その間、山野は水を飲んでいた。

「だって」

「え、なにがですか」

「だからさあ」

と赤岩は山野に向き直っていった。

「取材よ、取材。明日はどうなってるんだっけ」

「明日はですねぇ、朝食があって昼食があって夕食はないですんですけど、ですけど
その昼食と夕食の間に小巫子ちゃんが来て撮影するんですけどね、朝食と昼食の間に
ミカさんには、神社に行ってもらって」

「そうよ、それよ、その神社よ。どの神社に行くの。あ、朝食、ってもしかしてこ
こ?」

「そうですけど」

「あたしの分はキャンセルして。もう、あたしここのご飯食べたくなーい」

「あ、でも原稿が」

「それはいいの。写真見て書くから。もしかしてお午もここ?」

「違います。湖畔のレストランで取材します」

「あ、じゃあ、よかった、じゃなくてね、その神社よ、神社。それってどこにある

の」

「湖畔にある、大きな神社ですよ。塊根神社っていう神社です。有名な神社ですごいパワーあるところらしいんですよ」

「あ、だめだめ、今子が言うのにはそこじゃ駄目なんだって」

「え、じゃあ、どこだったらいいんですかね」

「その塊根神社から四十分ほど行ったところに黒手神社っていう小さな神社があって、湖の畔にあるらしいんだけど、そこのパワーが凄いんだって。だから行くんだったら、そこに行かないと意味ないんだよ」

「じゃあ、また今度にすればいいじゃないですか」

「それが明日じゃないと駄目なんだって」

「なんでですか」

「今子が言うのにはよ、明日はホリキリとムラゴーネンが三百六十年ぶりに、直列する日で、パワーがマックスになるらしいの。これを逃したら後、三百六十年、待たないと直列しないの。私、それまで生きられなーい」

「えー、そうですか。でも、絵的にはどうなんすかね」

「いいんじゃない。誰も行かない、滅多に人の行かないところらしいよ。だからパワーが凄いんだよ。凄いパワーを貰えるんだよ。それで、みんながハッピーになるんだよ。みんなで共に生きる、多様な価値観を認め合う共生社会が生まれるんだよ」

「あ、じゃあ、調べてみますね」

と、山野が言ったとき、スカ爺が嘔吐から戻ってきていた。スカ爺には大声で話す、赤岩の悪口が聞こえていた。入り口の時点で聞こえていたのだ。腹を立てた、というか、もうだいぶ前から赤岩のことを快く思っていなかったスカ爺は、赤岩のバッグに、口を拭った紙ナフキンや南京豆のからを密かに入れた。鞄は椅子の後ろに落ちており、赤岩は話に夢中で気がつかない。

「あ、スカ爺さん、大丈夫ですか。先ほどは真っ青な顔をしておられましたが」

「ほんと、大丈夫？　スカ爺？　ミカ、とっても心配」

なんというしらこい女だ。とスカ爺は思った。

そのスカ爺に山野が言った。

「スカ爺さん、このあたりで有名な神社は……」

「塊根神社ですよ。むっさパワーありますよ。縁結びとか特に凄いですよ。もう、目の前でみるみる結婚していきます」

「え、僕らもそう思ってきたんですけどね、いまちょっと聞いたら黒手神社っていうもっと、凄いパワーの神社があるらしいと聞いたんですよお。スカ爺さん、場所、知りません？」

「えええええっ、そんなんあるんだ。すごーい。ミカ、絶対、行きたーい」

しらこすぎるんじゃ、ぼけっ。おまえが言うとんやないけ。

と、スカ爺は心のなかで怒鳴った。そして、こんな奴には黒手神社のことは教えたくない、と思った。というか、黒手神社のことは教えてわかるようなものではなかった。もちろん、よく知られていない黒手神社への道順を教えることは地元の人間なら誰でもできた。ただし、そこにたどり着くのが重要なのではなく、たどり着いたそこでなにをするのか、ということが重要、ということを誰もが知っていた。だから聞かれても曖昧なことしか言えなかった。そのようなことを聞く人間に、黒手神社への道順を教え、その結果、黒手神社はたいしたことがない、或いは、あんなものは嘘だ、と喧伝されるのが不本意だったので。そこでスカ爺は、道順については真実を教えず、そのパワー、というより、彼女にとっては効能と言った方がよいのかも知れない部分についてのみを、ことさら誇張して教えた。

「あああ、黒手神社はすごいいい神社ですよ。パワーとかものすごいですから。もう、鳥居くぐっただけで全身痺れたみたいになりますからね。常に、神様が降臨していて、見た人は凄いパワーもらってます。江舟万一とか黒鯛博子とかセレブがみんな参ってますよ。まあ、はっきり言ってあの人らが成功したのは、黒手神社のパワーの御陰ですよ」

「すごいっすね」

「すごーい。ミカ、ぜったい行きたい、ねぇねぇ、場所はどこなの。どうやって行くの？　教えてほしーい」

「場所はねぇ、実はすごいわかりにくいんですよ。塊根神社からいったん山道に入って、その山道というのがね、半分獣道みたいになってましてですねぇ、しかも急斜面で、あと、ここには昔立派な石段があったらしいんですけどね、伝説によると、ある権力者が神様を馬鹿にするような態度をとったために、神様が怒って石段をげさげさに破壊して、だから瓦礫みたいになってて、むっさ歩きにくいんですわ。それを大分と登ったら、こんだ、分かれ道をね、右ぃ、行ってください。これがね、特に目印がない、ただの草むらなんでね、非常に、この、わかりにくいんですね。十中八九間違います。これを間違うと、霧の深い日などはその先にある底なし沼にはまってしまいますのでね、注意してくださいね。はまったら二度と脱却できませんから。それでどんどん湖畔の方に下っていくんですけどね、こっれがまた、道とも言えない斜面って言うか、まあ、はっきり言って崖ですわ、崖。これをね、木の根っこや、草をつかんで降りていくんですね。それで湖畔まで行ったら、岩場を横にじりじり移動して、そしたら、湖に突き出たような、小島のようなところがあります。そこが黒手神社ですわ」

「ああ、すっごい、行きにくいところなんですね」

「そうやね。まあ、百人が行ったとして、たどり着けんのは二、三人やね。帰ってくんのんが、三十人くらいかな。後は沼にはまったり、崖から落ちたりして帰ってきませんからね」

「けど、江舟さんとか黒鯛博子さんは行ったんですよね」

「ええ、行ったらしいですよ。よっぽど運がよかったんでしょうね。けどまあ、あたりまえの話でしょうね。なんでって、そらそうやないですか。そんな誰でも行けるようなとこやったら、誰でも凄いパワーをゲットできる言うことになってしまいますやん。そうなるとそれはもはや凄いパワーでもなんでもないわけでしょう。誰でも持ってんねやから」

「そらそうですよね。じゃあ、やっぱりやめといた方がいいですかね」

「ええ、やめといた方がいいと思いますねぇ。この雨ですしねぇ。多分、死にますよ。

だからね、儂らもお客様に黒手神社のこと聞かれても教えないようにしてるんですよ。さあ、聞いたことないなあ、って言ってね。ここらの人はみんなそう言いますよ。だから他の人に聞いても絶対教えないですよ。それは地元の秘密と言ってもいいくらいです。信仰の一環ですよ。でも、僕は教えましたよ。けど、やめといた方がええと思うわ」

「ですよね。雑誌的には載せたいところだけど危険すぎる。危険というのは非常に危ないものですからね。そのうえ危険でもある」

と、山野がことさらに危険を強調するのは、赤岩ミカに対する牽制だった。

しかし駄目だった。赤岩ミカは、スカ爺の話を聞いて、なおさら行きたくなったようだった。赤岩ミカは自分はそこいらの凡庸な人間、並の人間とは違った、特別な人間だと思っていた。だからこそいまの仕事ができているのだ、と信じていた。自分は、並の人間が行けない場所、関係者しか立ち入れない場所に居る権利があるし、そこに居続けることが自分の生存の目的だと考えていた。

ならば。その誰も行けない場所に行って、光り輝く神聖な、三百六十年に一度のパワーをもらって、いまの安楽を持続可能にし、幸福になるのは当たり前だと思った。

赤岩は、明日は絶対に黒手神社に行く、と喚き散らし、白目を剝き、よだれを垂らし、首をがくがくさせて痙攣し、まるで気がふれたようになった。

そこで山野は、「では黒手神社に行ってみましょう」と言わざるを得なかった。

雨がさらに激しくなっていた。

そのとき、圧岡が蹌踉《そうろう》としてやって来た。圧岡はスカ爺に言った。

「須加さん、ちょっと来て貰えますか」

その声にただならぬことが起きたという気配が確かにあった。

吉良の全身から水が滴っていた。新町の全身から、そしてスカ爺の全身から水が滴っていた。吉良はガタガタ震えていた。新町とスカ爺は荒く呼吸していた。新町が言った。

「あっちゃん、とりあえず、救急車呼んでくれる」

それを遮って吉良が言った。

「大丈夫です。大丈夫です。やめてください」

先ほどから巌のように押し黙ってなにを聞いても答えなかった吉良がようやっと口をきいたのに力を得て新町が言った。

「なんだってあんなところに居たんです。あんなところでなにをしていたんです」

ていた。

「決まっとるやないか」

スカ爺が言った。

「こいつは死ぬつもりやったんや」

夕食にも現れず、電話にも出ず、どうやらホテル内に居る様子がない。しかし、この雨のなか、外出するというのもおかしな話。嫌な胸騒ぎを感じた新町が横殴りの雨のなか、ほとんど役に立たぬ傘を差して湖畔の遊歩道あたりに探しにでたところ、果たして吉良は湖を眺めるための、湖畔の遊歩道から湖にせり出した土壇にうずくまっていた。

しかし、それはなんという哀れな姿だっただろうか、普段であれば、多くの観光客がそこで美しい湖を眺め、屈託のない笑顔でピースサインをしたりするその土壇はもはや水面下に沈んで、吉良は腰まで水につかっていた。

その姿のあまりの惨めさに、新町は胸を衝かれ、一瞬、なにも言えずに立ち尽くしたが、次の瞬間、慌てて駆けだした。なぜなら、土壇にうずくまっていた吉良が突然立ち上がり、ふらつく足取りで湖の方に向かって歩き出したからである。

土壇の突端に柵のようなものはなく、後、数メートルも歩くと湖に転落してしまう。

「なにをしてるんです」

そう叫ぶと新町は土壇に向かって走り出し、すんでのところで吉良の腰を摑んだのはよかったのだが土壇に二人して倒れごんで、ずくずくに濡れてしまったのであった。

「儂は夕方から、こいつ死によるんちゃうかな、と思てたわ」

ほんなら止めろよ。と内心で誰もが思ったが、なぜかその場の空気が重くて誰も発言できなかった。暫くして、吉良がぽつりと言った。

「祈ってたんです」

「はあ?」

「この湖には龍神が棲んでいるという伝説を聞きました。私はその龍神に祈ったんです。どうか、どうか、恵子の雨女が治りますように。そして、願わくば今夜、このホテルに恵子がきてくれますように、とね。初めは馬鹿らしいと思ってました。酔っ払ってましたしね。なにかやけくそのような、ははは、俺、祈っちゃってるよ、みたいな気持ちで始めたことなんです。ところが、雨が凄いじゃないですか。服もびしゃびしゃじゃないですか。普通じゃないじゃないですか。そんな普通じゃない状況にいざ自分がなってみると、なんていうんでしょう、なんか不思議な回路みたいなものが自分のなかに通じたような感じがして、本気で正座して手を合わせて祈ってしまったんですよ。そしたらね、聴こえたんです、あの声が。荘厳ではありません。もっと、こんなことというと、アレなんですがね。暴力的な声でした。こっちこいっ、みたいな。もしかしたら、英語だったのかも知れません。Hey! Come Here みたいなね。それで私は立ち上がって湖に歩いて行ってしまったんです。これで救われる、と思ってね」

「こいつまだ酔うとんな」

スカ爺がそう言ったとき、バーから赤岩と山野が出てきた。

「なんだか騒がしいね。なんかあったのかな」

「そうですね。スカ爺さん、あの、なにかあったんですか」

「こいつが自殺未遂しよったんや」

「違います。祈りです」

「祈りとか自殺とかなんなの。ミカ、全然、わかんなーい」

赤岩が可愛いぶって言った。吉良が嘔吐した。

そして圧岡が掃除道具を取りに行こうとしたとき、突然、ロビー付近が真っ暗になった。

あまりにも雨が激しく、そのため変電所の設備が壊れ、電気の供給が停まってしまったのだった。

「停電だあっ」と、山野が叫んだ。

新町はこういうとき、ともすれば恐慌をきたしがちのお客の不安・興奮を静め、安全を確保するのがホテルマンの義務だ、と研修で習ったことを思い出し、帳場から懐中電灯を持ってきて、そして、言った。

「みなさん、落ち着いてください。電気はやがて復旧するはずです。真っ暗ななかを無闇に移動しますと、怪我をします。まず、落ち着いてください。みなさん、おられますね」

と、そう言って、そして、

「ぎゃあああああああっ」

と、叫んだ。光の輪が闇なかを転がった。

「おどれが一番、パニクっとるやないけ。どないしたんじゃ」

そう言って懐中電灯を拾ったスカ爺に新町が言った。

「いや、申し訳がない。なんかエントランスのところに見たこともない女が立っていたような気がして」

「なに、寝言言うとんね、あほんだら、そんなもんが居るわけが……」

そう言って玄関のあたりを懐中電灯で照らしたスカ爺が絶句した。

玄関のところに、全身から水を滴らせた女が無言で立っていたからである。

「ぎゃあああああああああああっ」

と悲鳴を上げて卒倒したのは赤岩、ではなく山野であった。

赤岩はそれが人間の女であることを、その深淵を射貫くような透徹した眼差しとはほど遠い、底意地の悪い邪悪な眼差しで見抜いていた。

そして、吉良が言った。

「恵子さん……、来てくれたのですね」

その口にはげろが付着していた。

「素晴らしい愛の物語じゃないの」

部分的に訥訥と部分的には雄弁に、またある部分は嫋嫋《じょうじょう》と語る、まるで音楽のような吉良の長い話を聞き終わるなり、赤岩はそう言った。

尾崎秀美も深く感動したようだった。

停電はなかなか復旧せず、豪雨と停電という、特殊なシチュエーションに興奮した客たちが心地よい蠟燭の明かりがともるバーに集まっていた。そのなかには家に帰れなかった従業員も含まれていた。もうこうなったら飲もや、とスカ爺は言った。オーナーが不在だとときおりこういうことになる。

こんなとき客と一緒に飲むのが真のホテルマンなのか。

そんな思いを胸に抱いて新町もビールくらいは飲んでいた。

そんななか、吉良は話したのだった。雨の音が伴奏のようにずっと響いていた。

そして一同が改めて目を瞠ったのは恵子の美しさだった。ほの暗い蠟燭の明かりのなかで、圧岡に借りたホテルの制服を着た恵子はさほどに美しかった。そしてそれは、人の苦しみと悲しみを自分の苦しみと悲しみとしている人の美しさだった。

恵子は吉良が話している間、ずっと俯き震えていた。恵子は自分の感情を抑えきれずにここに来てしまったことを後悔していた。そして、思い出していた。

ここに来るまでの間のあの恐ろしい出来事を。

タクシーの運転手は、あの峠道で、「もう無理です。絶対に無理です」と言いながら車を走らせた。走らせるしかなかった。なぜなら、通り過ぎた道が崩落していったから。あれは私のせいなのだ。私が鶴人さんに会えると思って心のなかに喜びを感じているからあんなことになったのだ。だから私は心のなかで必死で鶴人さんなんかには会いたくない。あんな知恵おくれのションベン垂れは死ねばいい。とか、あんな足のくさい奴はみたことがない。私の鼻はあのときもげてしまったのだ！　などと考えた。けれども駄目だった。それは偽りの思いだったからだ。私は偽りの踊りを踊る奇怪な踊り子だった。いや踊り手だったのか、子というときの無垢な感じが私にはない。私には、手、という技術的な感じがふさわしい。私は薬剤師だけれども気分的には師ではない。私は薬剤手でありたい、いや、というか、私はむしろ、卒、でありたい。こんなときに私はなにを考えているのか。この善良な人は、この湖に至る唯一の道路が私の個人的な感情によってすべて土砂崩れてしまったのを知らないのだ。なんだかネットもつながらないし。

そんなことを思い出しているうちに自責の念から涙が止まらなくなってしまった恵子は両の手で顔を覆った。

吉良はそんな恵子の肩に手をやった。

その吉良もホテルの制服を借りて着ていた。

恵子はその手を振り払った。「やめて。私を幸福な気分にさせないで」恵子は言った。

「あっちゃん。ホテルの制服を着た二人があんな風に恋人同士みたいなことをしているのを見るのは実にいいものだね。私たちもああいうことをやってみようか」

酔いにかこつけて新町はそんなことを言った。圧岡いづみは言下に答えた。

「いやです」

懐中電灯をかざして大馬心一がバーに入ってきた。大馬は来るなり、立ったまま言った。

「大変だ。我々は孤立したぞ。雨が降りすぎて道路が寸断されてしまったのだ」

偏屈な大馬はみなの居るバーを避けて真っ暗な部屋でひとりラジオを聴いていた。持参したラジオであった。そのラジオのニュースで交通の途絶を知り、これはみなに知らせるべきだろう、と偏屈ながら思い、懐中電灯の明かりを頼りに階段を降りてきたのであった。大馬は途絶というのは俺としては喜ぶべき事態だと思っていたが実際になってみるとうれしくないなあ、と思っていた。

そして、他の人々もこれを大変なこととして受け止めていた。自分たちはもうこのまま駄目になってしまうのではないか。湖畔から離れられない儘、死んでしまうのではないか。そんな悲観的なことを誰もが考えてしまっていた。

そして口々に、「マジかよ」「えええええ？」「私たちはどうなってしまうのか」といった、悲鳴のような声があちこちでした。それは、獣の声のようであった。なかでも赤岩ミカは、とてつもない不満を抱いているようで、これまでの擬態をかなぐり捨てて、「ふざけんじゃねぇよ。どうしてくれんだよ。なんとかしろよ、てめぇよお」

と、新町に詰め寄った。

もちろん、こうなってしまったのは自然災害であって、新町に言ってどうなるわけでもない。それなのにそうして言い募る赤岩に新町は鼻白み、なにを言っているのだ、この女は。と、思った。

「とりあえず、心を静かにして救助を待ちましょう」

と言った。しかし、赤岩はさらに信じられないようなことを言った。赤岩は、

「心、静かになんかなるわけねぇだろうが。このままじゃ私は黒手神社に行って強大なパワー受けとれねぇじゃん。どうしてくれんだよ」

と言ったのだった。これには新町のみならず、余の者も驚いた。というのはそれはそうだ、いまは、道路がなくなって湖畔に孤立しているという最悪の状況である。しかも停電もしている。つまりマイナスの状況にある。ならば通常であれば、そのマイナスをゼロにしようとする、つまり、電気や水道やガスの復旧、飲料水や食料の確保、通信の復活という最低限のことを考えるのが普通である。ところが、この状況下で赤岩は、さらなるプラス、すなわち、黒手神社に参って福徳のパワーをゲットすることを考えているのであり、自分がゲットしようと思ったものはすべてゲットしなければ気が済まないその強欲に誰もが驚き、なんだか空恐ろしいような気持ちになったのだ

った。

それで一同はなにも言えないで黙って、赤岩のヒステリックなわめき声と激しい雨の音だけが響いていた。

それはどんなノイズミュージックよりもいみじい、耐えがたい罵声だった。田尾忠太は、このおばさん、マジ、うるせぇ。マジ、殺してぇ。と思い、ついに、うるせぇんだよ、婆。と、怒鳴ろうとした、まさにそのとき、ケーン、と恵子が唐突に叫んだので、一同は恵子の精神がこの状況に耐えきれず発狂したのだと思ったが、そうではなかった。恵子はもう一度、ケーン、と叫び、その後、はっきりと言った。

「これはすべて私のせいです。私は愛に狂ってここまでやってきてしまった。私は表面上は悲しみながらも、心の奥底で喜んでいるのです。だから雨が降るのです」

「うもももも」

吉良が呻きながら恵子を抱きしめた。

恵子はこれをふりほどき、そして立ち上がって言った。

「鶴人さん。やめてください。わからないんですか。あなたそんなことをすればますます雨が降ります」

「恵子さん、私は」

くださいｆ

「近寄らないでください。あえていいます。鶴人さん、口の周りのげろを拭いてください。くさいです。そしてみなさん、どうか私を苦しめてください。私を悲しませてください。そうすれば雨はやみます」

大馬心一はなにを訳のわからないことを言っているのだ。こいつは気が狂っているのかと思った。そして、山野に問うた。

「なにを言っているんだよ、あの人は。ホテルの従業員のようだけれども気がおかしいのか」と。山野は一から説明するのは非常に面倒くさいことだ、と思いながら、船越恵子は従業員ではなく客であること。船越恵子が雨女であること。船越恵子がうれしい気持ちになると雨が降り、悲しい気持ちになると雨がやむこと。同じく客の吉良鶴人と船越恵子が恋仲で、吉良の近くに居ると恵子はうれしい気持ちになることを雑に説明した。説明を聞いた大馬は呆れ果てた。なぜなら、山野も赤岩も、その他のホテルマンや客たちも概ねこれを信じているようだったからである。

いやはや、なんということだ。いい大人が集まってこんなセンチメンタルで根拠のない妄想をなんの疑いもなく信じ込んで誰ひとりとして疑う者がないというのはいったいどういうことなのだろうか。ましてやこんな状況になっているというのに。

けれども俺はそれを指摘しないでおこう。それはもしかしたら写真に写るものかもしれないのだ。俺の仕事は写真を撮ることだ。ましてやそれを使命といい替えるほどのロマンチストじゃない。いずれ、救助が来る。それまで俺はこの状況を写真に撮っていればよいのだ。

そう思って大馬は黙った。その心をまるで読んだかのように新町が言った。

「いずれ救助が来ます。それを待ちましょう。食料も水も十分にありますし」

「あ、でも、さっき氷取りに行ったら融けかけてましたね」と、石田充が明るく言った。尾崎秀美はそれを聴いて明るく言うな、ばかっ。と思っていた。

「まあ、それまでには救助が来ますよ。ヘリコプターとかで」

明るく言う新町に、明るく言うな、ばかっ。と思いながら大馬が、

「この悪天候ではヘリは飛びませんね」

と言った。大馬はこれをあえて暗い調子で言った。

となれば。やはり、船越恵子を虐め抜いて苦しめるしかないのか。と、大馬と吉良以外の全員が思った。

そして自分が助かるために罪のないものを犠牲にしてよいのか、とも思った。その思いは大馬と恵子を除く全員の心に重くのしかかっていた。

それは夫夫にとってそして夫夫と夫夫の関係にとって重苦しく、嫌な匂いのする問いだった。

しかしそれを問わないわけにはいかなかった。このまま豪雨が続けばもっと大規模な土砂崩れ、地滑り、山体崩壊という事態にまで発展する可能性があった。

究極的には殺すのが一番、手っ取り早く確実だというのは誰もが思うことだった。それも嫌な思いをして手を下す必要はなく、ただ、恵子の耳元で、「どうすればよいかわかっているだろう」と囁けばよいことだった。しかし、そのことを言い出す者はなかった。赤岩ミカでさえ、それを直接言わず、誰かに言わせようとして頻りに、「どーしたらいいのかしらねー」とミュージカル調で言っていた。

その感じをスカ爺は凄く嫌なこととしてとらえていた。ならばいっそ自分が議論を整理しようとスカ爺は思った。自分ならばみなが冗談としてとらえる。その冗談に紛らして、冥顕《めいけん》のすきまを突破していけばよい。また、早くしないと雨が降り続いて山くずれのようなことになったら……。考えるだけでおもしろいことだ。

「それやったら、死んでもろたらえーんちゃん。いま外に出て行ったら一発で死ねるで」

スカ爺がそう言うと、みなほっとしてスカ爺を攻撃した。

「それは駄目だ。いくら魔物にとりつかれた女だからと言って、殺してしまってはまるで現代の魔女狩りだ」「命は大事にしなければ」「人を殺してその犠牲のうえに成り立つ幸せってなんなんでしょうか」「それが幸せなら私はむしろ不幸でいたい」

みなが自分がそれを言わないで済んだ喜びに満ちてスカ爺を攻撃した。

恵子はなぜかほっとしたような表情を浮かべていた。吉良は狂ったような目をして怪鳥のような声を発した。静かにしろっ。スカ爺が怒鳴り、そして、吉良の顎を殴った。

ばんっ。乾いた音がして吉良が床に転がった。吉良は、低いうめき声を上げて床を転げた。「暴力はやめろよ」と、田尾忠太が聞こえなければよいな、と思いながら小さな声で言った。

スカ爺は言った。

「ほしたら、どないしたらええね。殺すのがあかんねやったら殴るしかないやろ。おい、そこの坊主。おまえもそう思うやろ」

スカ爺に凄まれて田尾は思わず、「はい」と言って、しまった、と思った。隣に居る尾崎秀美が批判的な眼差しで自分を見ているのに気がついたからである。動揺している田尾に、スカ爺は言った。

「暴力言うても殴る蹴るばっかしやないで。ほほほ、おまえ、どやねん、兄ちゃん。この別嬪のねぇちゃん、たっぷり可愛がったったらどやねん。凌辱したったらどうやねん、言うとんねん」

言われて、田尾は絶句した。そして、蠟燭のほの暗い明かりに照らされた恵子を見て、ゴクリ、と唾を飲み込んだ。

「忠太君、なに考えてんの?」

「いやいやいやいやいやいやいや。別になにも考えてない」

「嘘。いま、いやらしいこと想像したでしょう。最低」

そう言って尾崎秀美は真っ暗なフロントの方へ早足で歩いて行った。「ちょっと、秀美ちゃん、そっち真っ暗で危ないよ」そう言って、田尾は尾崎の後を追った。暫くして、ドンガラガッシャドンドン。と常ならぬ音響がバーまで響いてきた。高価な調度品が壊れたに違いない。絶望と諦めのなかで新町はそう思い、そして言った。

「いずれにしても暴力はいけません。船越さんには別の方法で悲しんでもらいましょう」

言い終わって新町は、アレ俺いま、船越さんって言ったよ。船越様と言わなかったよ。ということは俺は既に雨に狂ってホテルマンじゃなくなってるのかもな。と思い、そして、俺はもはや船越恵子を悲しませることに積極的になっている、と思っていた。

雨がまた強くなった。風も甚だしいようだった。


結句、言葉だよな、ということになった。いずれにせよ身体への暴力は拙いだろう、ということになったのである。しかし、なんらかの経緯がある関係ならともかく、ただ、ホテルで出会っただけの、よく知らない人間をどうやって罵倒したらよいのだろうか、誰もわからなかった。赤岩が進み出て、「この、オカチメンコが」と言ったが全員が、おまえが言うな、と心をひとつにした。

それでも、赤岩が言ったからこそであろうか、オカチメンコという言葉は恵子の肺腑を抉ったらしく、雨音が一瞬、小さくなった。圧岡いづみが言った。

「いま、一瞬、雨の音、小さくなりませんでした？」

「うん、なんだか、そんな気がしたな」

と、答える新町の言葉の端が聞こえにくかったのは、一瞬小さくなった雨粒が建物を打つ音がより一層大きくなったからであった。

これはとりもなおさず、赤岩ミカにオカチメンコと言われた、恵子が自力で心の平衡を恢復させたことを物語っていた。そう、恵子は自分を苦しめろ悲しませろと言ったが、それはあくまでも表面上というか理念的な宣言であって、心の奥深なところでは、心の安楽、いやさ、心の快楽を望んで、罵言に抵抗していたのである。このことで、この、言葉による責め苦が恵子には有効だ、ということが全員に了知せられた。

しかし、なかなか自分からは言い出しにくい。悪い人だと思われたくない。そんな思いが心のまにまに浮かんでは消えて誰も後に続かない。そこで先ほどと同じような気遣いでスカ爺が言った。

「この不細工が。人に迷惑をかけるな。なにもかもおまえのせいだ。出て行け」

と。また、雨音が束の間、途絶えた。それに力を得て人どもは間遠ではあったが、恵子が苦しむようなことを言い始めた。

「顔はキレーだが心がどす黒い。そんな人間は生きる意味がない」「確かに顔はキレーだ。キレーだが、タレントとか女優には負ける。中小企業にもこの程度の女はウヨウヨいる」「ウヨウヨっていう言葉がバイ菌を連想させる」「バイ菌なんだよ、こんな女は。自分の都合でこんなムチャクチャな雨降らせて人に迷惑かけて」「ドメスト、持ってこようか」「それは直接的な暴力になります」「じゃあ、どうしよう」「私たちが私たちの強酸性の悪意で清めてあげればいいんですよ」「ええぇ、意味わかんない」「この女こそ、意味わかりませんよ」「あのさあ、さっきからこの女、この女、って言ってますけど、この人にふさわしい名前つけませんか。そうすると、さらにスムーズになるんじゃないかと思うんですが」「ですね。じゃあ、雨女」「どすぐろちゃん」「ばか女」「ゆる股ちゃん」「キレーに生まれたことに過剰な意味を見いだして、それに振り回されてなにもできないでいるくせにフォロワー数によってなにかを達成したような気になってるメンヘラちゃん（リスカPV乞食）」「盛り盛りコスメちゃん」「可愛いぶっちゃん」「美人ブリッ子」「赤坂のゴミ」「千駄木の吐瀉物」「ゴダイゴの追っかけ」「四日前にコンビニで買った浅漬け」「折りかけの鶴」「もらったけどすごく迷惑な千羽鶴」「おほほほほ、全部当てはまってる、全部当てはまってる」「死ねや、みんなのために」「出て行け。いますぐこのホテルから出て行け。出て行けないのか。ならば、全裸になって全員の臑毛《すねげ》を舐めろ」

反応が無ければ或いは空虚で発する者の心を蝕む罵倒であった。しかし、なんという神変。なんたる神変不可思議であろうか。ひとりがひと言、びとりがびと言を発する度に、雨脚は弱まり、その間が開くと強まった。人はそれに力を得て恵子を苦しみと悲しみに導く言葉を発し続けた。

そして当初は、ぎくしゃくして停滞し、間遠になりがちであったその言葉は次第に滑らかになり、熱を帯びて発火し、また、妖しげにぬめった。

なにもなければ善良な人たちがなぜそこまで恵子を追い詰めることができたのか。それはまあ簡単に言うと保身のためであったが、しかしそれだけではなかった。言っているうちに興奮してきたのである。人を呪わば穴ふたつ、というように罵倒というものは自分に向く。しかしそれは反応が無い限りにあってであって、反応があれば、当面、呪いはその対象に向かっていると思うことができるからであろう。また、それが純粋な悪意からなるものではなく、ここにいる全員を救うための正しい行為であるという認識も人々の感情を高ぶらせた。

恵子は一言も喋らないと決めているようで、その間、一切、言葉を発しない。湖面を横に水が通っていく。水脈が二本、盛り上がって通って。

「薬剤師とか言ってたっけど、本当かなあ。ただのヤク中じゃねぇの。言ってることおかしいし。ちょっと腕、みせてみな。注射痕あんじゃね？」

赤岩がそう言って恵子の腕を引き、制服の袖をめくった。赤岩は、「あっ」と、声を挙げた。何人かがのぞき込み、息をのんだ。白い腕の内側には無数の赤い条が走っていた。幅一糎くらいな太い条があり、もっと細い条があった。乾いて固まった条があり、生々しく赤い条があった。まごうことない、激しい自傷の痕であった。

そのあまりの凄絶の様に、みななにも言えなくなってしまった。自分たちは調子に乗って罵倒し、恵子を苦しめた気になっていたが、それは恵子が自分でやったことに比べればなんでもない、春風が頰を撫でたようなものではないのか。

と、みながそんな思いにとらわれてしまったのだ。そして、その思いが漸く全員の心に虚無と荒廃をもたらした。

ある者の目は澄みわたり、まるで永遠を見るような眼差しになった。ある者の目は淀んだような灰色になった。そしてそのどちらも焦点を失っているようだった。赤岩はひょっとこのように口をとがらせていた。みな考えていることは同じだった。もう、こうなったら。こうなったらば、もはや。と、みなが考えたのだった。

その考えは床に転げて無力な吉良にも当然、言葉を介せずに伝わった。谷を渡る木霊が頭蓋のうちらに響くようだ、と吉良は感じた。その響きが耐えがたいものになり、吉良は立ちあがった。そうして言った。

いでしょう。もう、やめてください。許してやってくださいよ。それにみてくださいよ。そりゃ、ちょっとは小やみになったかも知れませんが、結局、雨、やんでないじゃないですか。無駄ですよ。もう、やめましょうよ、こんなこと」

「もう、十分じゃないですか。もう、恵子は十分に苦しんだじゃないですか。もういいでしょう。もう、やめてください。許してやってください。それにみてくださいよ。そりゃ、ちょっとは小やみになったかも知れませんが、結局、雨、やんでないじゃないですか。無駄ですよ。もう、やめましょうよ、こんなこと」

そのとき、スカ爺は思った。つうか、おまえが最初に雨女の話したんとちゃうんけ。と。

余の者も同じように思った。と、同時に、なんだか疲れてきたなあ、とも感じていた。いくら罵倒しても雨は完全にはやまず、山くずれの危機は常にある。そのうえ、こんなリスカとか見せられて嫌な気持ちにさせられる。もうはっきり言って疲れた。だったら部屋に行って眠ればよいのだが、精神の芯のところに熾のような熱を発するものがあって、その熱が眠りを妨げて叶わない。そんな感じを感じていた。そしてその感じは吉良を腹立たしく思う気持ちにナチュラルにつながっていった。

「てめえ、うっせぇんだよ」

赤岩が端的に言った。新町は、それは言い過ぎです。吉良様のお気持ちも考えて差しあげないと。という普段、言っている言葉の根底にある錘がいま凄く重くて浮かび上がらない。と心内語で言い、圧岡の目を見て頷いた。圧岡はなんのことかまったくわからなかった。しかし、その圧岡とて吉良の我が儘に腹を立てていることには変わりがなかった。

　この停滞に力を得て雨はまた激しくなっていた。

「ああ、いかん、いかん。この、スルメ女がっ。半端に腕切ってんじゃねぇよ。死ぬならさっさと死ねや」

「アンケラソ」

「嘘泣きはやめろっ」

　人々は慌てて罵倒した。しかし、その罵倒にもはや雨をやませる力はなかった。

　雨脚は弱まったり強まったりしながら、概ねは強くなりつつあった。そんなとき、「あの、儂、思うんやけど、これ、ここでやってるからあかんのちゃうけ」というスカ爺の提言は実に時宜を得たものだった。

　スカ爺は、このバーという公共の空間で恵子を苦しめるから駄目なのではないか。真に苦しめるためには客室という私的な空間でこれを行うべきではないか。なんとなれば、苦しむ／苦しめる、という関係は私的なものであり、それが公的なものになるとき、かならず宗教的救済という概念が発生してしまう。それを避けるためにも私的な場所で苦しめるのが効果的である。そしていまの場合、吉良が擬似的な宗教概念を持ち込んで妨害するのでそれを避ける意味でも効果的である。と主張したのである。それに対して石田が、いま、恵子は人柱ではないのか。犠牲の羊ではないのか。だとすれば公共的だ、と質したが、それは神に対する鎮めということだろうけれども、それは誰が怒ってるのかということがはっきりわかるときにのみ有効で、いまのようになにがなんだかわからない、ただ雨が降っている、というときには無効でしょう。とりあえず現場主義でいくしかありませんよ。こういうときは。と、スカ爺に言われて黙った。

「じゃあ、別室でやりましょう。若い人たち、お願いできますか。くれぐれも暴力、殺人だけはやめてくださいね」

「ええええっ、マジですか」

吉良の叫びもむなしく、恵子と田尾、石田、尾崎が暗い階段を上がっていった。吉良は悶絶し、激しくえずいた。

掃除が大変だからあまり嘔吐しないでほしい、と圧岡は心の内で思っていた。

「あれだけ言っているのだからひどいことにはなりませんよ」

そう言って吉良を慰める新町の顔に蠟燭の光と影が渦のように巻いていた。大馬はそれを見て、まるで曼荼羅のようだ、と思った。そして、マルデマンダラ、という音の響きに、無性に心を惹かれ、口に出して小さな声で、「マルデマンダラ」と言ってみた。確かにおもしろい響きだが、なぜこんなつまらぬことに心を惹かれるのだろうか、しかもこんな晩にと訝った。

「いまなにか言いませんでしたか」

「いや、言わんよ」突然、山野に話しかけられて、咄嗟に嘘を言った。「ええ、でも曼荼羅がどうだとか」と、山野は不服そうであった。夜がドシドシ更けていった。吉良はひとり狂熱のライブのようなことを始め、スカ爺と新町がこれを宥めていた。

「いま何時頃なんでしょうか」

「ええっと、二時だな」

答えて大馬は、雨の音がかなり弱くなっていることに気がついた。

「ちょっとさあ、山野君さあ、なんでもいいからウイスキー持ってきてくれない」

「いいんですかね」

「いいよ。こんな夜なのだもの」

「え、でも、大馬さんてお酒飲む人でしたっけ」

「飲むよ。君の前で飲んだことないだけだよ」

さほどに自分は嫌われているのか、と山野は感じた。そのことで山野の心は割と傷ついた。実は大馬を山野は愛していた。

しかし大馬は山野の心が傷ついたことを知らない。傷ついている山野にそれを知らない大馬はのんびりと尋ねた。

「なんかさあ、雨、増しになった気がしないか」

「ああ、そう言われればそうですね」

「このウイスキーうまいね」

「よかったですね」


三時を過ぎ、雨の勢いがはっきりと弱くなって吉良の心は火に焼かれた。

雨が弱まるということは恵子が悲しみ、苦しんでいるということ。オカチメンコと言われ、メンヘラと嘲られ雨の勢いは弱くなった。

ただ、その弱まり方は幽かで、よくよく耳を澄まし、ようやっと、あっちょっと弱まったかな、と思う程度だった。ところが三時を過ぎて、もうはっきり言ってはっきりわかるくらいに収まった。ということはどういうことか。並や大抵ではない悲しみ、そして、苦しみが与えられている、ということにちがいない。並や大抵ではない悲しみ、そして、苦しみ、ってなんだろうか。まあ、殺されているわけではないだろう。そうなってみないとわからないが、もし恵子が死んだら、雨は弱まるというよりは、きっぱりとやむような気がする。ということは暴力、それも女性にとって耐えがたい暴力が振るわれているのだろうか。だったとしたら、私は狂う。っていうか、もう大分と狂っている。まあ、あの若い女も一緒に行ったからそんなことはないのだろうか。いや、わからない。そんな凌辱をあえてやらせて気を昂ぶらせる者はこの世に多くはないがいる。それにいまは、こんなときだ。そうでなくったって気が昂ぶって、一時的に宗教狂人のような心理状態に陥って、普段だったらできない、そんな輪姦みたいなおぞましいことだってできるようになっているかも知れない。まじめな若い者だからそんなことをしないのではなくて、まじめな若い者だからこそそんなことをしてしまう。そんなことの容れ物に簡単になってしまうのだ。そのとき、恵子はどんな気持ちだろうか。どんなにか悲しいだろうか。苦しいだろうか。それは、ものすごい、全宇宙の重みが一身にのしかかってくるような苦しみ、人間にはまず耐えられない苦しみで、それは自ら獣心を求めることによってしか耐えられない苦しみだろう。そうすればまず少なくとも悲しみはなくなる。というか、悲しみさえ感じられなくなるのだ。そしてそれは俺の想像とかそういうことではなくて実際に行われていることだ。だって雨が弱まっているからね。だから俺はもういくら理屈で考えても自分の心をどうしようもできなくなっている。つまり狂っているということだ。もう、俺はだからこれには耐えない。いま俺こそが獣心の宗教狂人なのだ。

それまで、床に転がっていた吉良が突然、立ち上がったので、なにげなくそちらを見た新町と山野と圧岡は言葉を失った。

吉良の面貌が、身の毛がよだつような忿怒相に変じていたからで、その人相から彼らは、吉良が、片端から客室を巡って、石田たちが恵子をいたぶっている部屋を突き止め、これをやめさせようとしている、ということはすぐわかって、本来であればこれを止めなければならなかったのだが、アッ、と声を挙げるばかりで、なにも言えなかった。そんな彼らに一瞥もくれず、立ち上がった吉良が階段室の方へ歩みかけたそのとき、ドドドドドドドドドド、という途轍もなく低い、腸も振動するような音が湖畔一帯に響きわたった。

誰も聞いたことがない異様の物音だった。

気がふれている吉良も、気がふれているからこそか逆に正気を取り戻して、「なんの音だろう」と不安げに呟いて耳を澄ました。

ドドドドドドドドドドドド、という音は、次第に、ドーン、ドーン、ドーン、と、差し渡しが七十町もあろうかという太鼓を巨人か魔神が叩いているような音に変わった。

軍が大砲を撃っているのだろうか。山の向こうには駐屯地があるが。

ばかな。こんな夜中の、しかもこんな天候の日に演習なぞするものか。

じゃあ、なんだっていうんだ。まさか山くずれではないだろうな。

その兆しだよ。山肌の内側を水が奔るとこんな音がすると聞いたことがある。

じゃあ、山はほどなく崩れるのか。

いまは雨がやんでいる。後は、山そのものがどれほど自分の内側を狂って奔る水に耐えられるかだ。それは人間だって同じことだろう。自分の内側で狂奔する水に耐えられず崩れる。その逆転を自然に対して起こしているのが雨女ってことじゃないのかな。

「待て、そいつを止めろ。止めに行くつもりだぞ」

誰かが叫んで、暗い階段に向かって歩き出した吉良の腕を山野が走っていってつかんだ。もはや、吉良はたいして抵抗もせずに立ち止まった。新町は吉良の顔を見た。もはや忿怒相ではなかった。なかを奔る水の流れの激しさに、もう一段、遠いところにふれたようだった。

「こいつが階上へ行かんように交代で見張っとこ」

山野に腕を摑まれたまま連れてこられ、ソファーに座り込んだ吉良を見てスカ爺が言った。大馬は同じように吉良の顔を見て、まるで、ここにないような顔だ、と思っていた。こいつにとっては、山が崩れてホテルごと埋まってしまうことも、あの女が苦しんで狂い死にするのも、どちらも同じことなのではないか、と思った。そして、こんな顔こそ写真に撮っておくべきなのではないか、と思ったがなぜか両手を猿のようにダランと垂らしたまま動けなかった。

吉良は虚空を見つめていた。弱い雨が降り続いていた。圧岡と赤岩は客室に引き上げていた。吉良を見張っているはずの新町とスカ爺と山野はソファーで眠りこけていた。まるでアホのような顔であった。大馬は泥酔して、おかしげな目つきで酒の瓶を接写していた。

吉良はゆっくりと立ち上がり確かな足取りでバーを出ていった。

バスッ。という音が響いて新町は目を覚ました。明かりがつき、空調が動いていた。新町は時間を調べた。午前六時であった。バーの入り口の向こうが明るかった。

新町にはそれがなんの明るさだか一瞬わからなかった。あまりにも長いこと闇の中に居たせいで。まるでひょっとこのような明るさだ。ならば、ひょっとこのように踊りながら、その明るさに入っていくべきなのか、と思い、そしてすぐに、ばかなことを、と呆れ、それから、でも私たちはひとりの女性の精神が天文に影響するのだという、明るくなってみればとうてい信じられないようなことを闇の中で信じていたのだ、とまた、呆れた。新町は踊りもせず、謹直なホテルマンの態度で光のなかに入っていった。

中庭にいたる硝子戸から縞の光が射していた。縞の光に照らされて山野と大馬が座っていた。

山は保ちましたね。そのようですね。よかったです。という尋常の会話の奥底に、共通の恥の感覚があった。それは、いざ過ぎてみれば馬鹿げたことを信じてしまった自分を恥じる心であった。あの若い人たちはどうしたんでしょうかね。と、しかしそんなことをさらっと言う山野の心は新町には理解できなかった。山野は石田たちが自分と同じように闇から抜け出たと無邪気に信じているが、もしかしたら彼らは未だに遮光カーテンを巡らした暗い部屋で女性を凌辱して感情を爆発させているかもしれないのだ。だからこそ雨があがって山が崩れなかったのではないのか。と、新町はまた思ってしまう。眠ってるんじゃないでしょうかね。疲れて眠っているんじゃないでしょうか。と、そう言ったとき、新町はふと吉良が思ったのと同じことを思って戦慄した。こうきっぱり晴れると言うことは船越恵子は石田たちに切害《せつがい》せられてしまったのではないか。

だとしたら自分はもうどうしたらいいのかわからない。あなたは客室で宿泊客が殺されるのをなぜ黙ってみていたのですか。止めなかったんですか。と問われて、なんと答えたらいい。知らなかった。と言えばよいのか。でもそれは嘘だ。嘘は必ず露見する。しかし、真実を言って誰が信じるだろうか。でも実際に雨が弱まった。まあ、最初のうちは遊戯的な、なにか演劇をやっているような感覚があった。俺はいつからこれは演劇だということがわからなくなったのか。就職した頃は一日が終わる頃、もう限界だ、もう続けられない。明日、今日と同じことをやるなんて考えられない。もう、無理だ。辞めよう。と泣き狂っていたのに、気がつくとそんなこと考えたことが考えられない、みたいなことになっていった。それをどうやって説明すればよいのか。

場合によっては逮捕とかされる。それがないとしても失職は確実。気がふれた人たちに君らは振り回されるね。と、まだグラスを手にした大馬が山野を詰っていた。すみません。謝っても仕方ない。君はまた別のくらやみに入っていくんだと俺は思うよ。それは悪いけど撮らせてもらうけどね。と、酔えば酔うほど言葉が改まっていく大馬はそんなことを言っていた。

さっきまで聞こえていた鳥の声がいつの間にか聞こえなくなり、代わりにバラバラした、機械音が響いていた。エレベータホールの奥のざっ風景な従業員控え室の小さなテレビ受像機に上空から撮影した九界湖周辺の様子が映っていた。九界湖の周囲を取り囲む斜面が崩れ、ところどころは樹木がなぎ倒されて、茶色い山肌が露わになっていた。道路が寸断され建物が壊れていた。カメラはときに随分と細かな風景まで映し出して、知った土産物屋や知った旅館の、壊れた道路の汀あたりに人が出ている姿も映し出されていた。

その映像に重なって復活した電話でインタビューに答える新町の声が流れていた。ええ。はい。表に出てみたんですけど、ホテルの前の道路が冠水しちゃってるような状況で、いまのところ、動けない状態にはなっています。はい。などと。

このように報道されるということは孤立していないということだ、と、従業員控え室の折り畳み式の椅子に座って映像を見ていた山野は信じた。報道されたということは多くの人が見ているということで、その眼差しのなかで俺らを放置することはできないはずだ。そう思うとき、山野は勃然と、これは、なにをどういう手順で進めたらよいのか、現時点ではまったくわからないが、自分にとってはラッキーなことかも知れない、と思った。そして、そのことに赤岩と大馬が絡んでくるのだろうか、と考え、すぐに、いや、これは俺個人の人生の問題だ、と断じた。それは結果的に正しかった。

中庭に面して六角に張り出した、朝食用の小食堂で、食欲というのはなになのだろうか。よく食欲がない、などというが、儂はいつでも健康な食欲を感じている。と、スカ爺は思っていた。こんな状況でよく食えるな、という罵声とも感嘆ともつかぬ声をよく浴びせられたが、そのどちらの感情も儂には理解できない。そう、思いながらスカ爺は獣肉を頬張った。

スカ爺が自らキッチンに赴いて調理した料理であった。上等のベーコン。上等の卵。地元で採れた野菜。素朴な材料ではあったが、いずれも厳選した食材で、素材のうまみを生かしたシンプルな味付をスカ爺は心がけた。

うまい。この脂身のところも。これを持ってくる業者は、覇気のない中年男だが、腕だけは一流だな。あの男のベーコン工場は、まちっと山のなかのはずだが、土砂災害などには遭ってないだろうか。もしそうだったら、もうこのうまいベーコンも食えないのか。別に構わない。私はベーコンなんてどうでもいい。世の中にはもっと重要なことがあるはずだ。地域の絆とか。エネルギーのベストミックスとか。とスカ爺は感慨に耽りながらひとりで朝食をとっていた。

そこへ赤岩が入ってきた。

「あら、おいしそうね。私もいただけるかしら」

「おお、ええで。ようさんこしらえたさかいな。そこに皿とかあるやろ。勝手にやって。コーヒーは儂が入れたろ」

「ありがとう」

気取って言う赤岩の、完璧なメイキャップが施された顔をスカ爺は見た。十分な睡眠をとったらしく、頬が薔薇色に輝いていた。もしかしたらフェイシャルマッサージとかもしたのかもしれない。髪も服装も整っていた。こんなときに油断のならぬ女だ。スカ爺はそう思いながらコーヒーカップに熱いコーヒーを注いだ。

肉叉でベーコンの細切れを突き刺して赤岩が言った。

「さっき、お部屋でテレビ見てたんだけど、支配人さん、喋ってましたわね」

「そうみたいやな」

「私たちはいつ帰れるのかしら」

それを自分に聞いて明確な回答があるとこの女はなぜ思うのだろうか。なぜかくも危機の感覚を欠いているのだろうか。自分のいま置かれている状況がわかっているのだろうか。多くの人がこの地域に孤立しているのになぜ自分だけが優先的に救助されると思っているのだろうか。そう思いつつスカ爺は言った。

「今日の午後にはヘリコプターで助けにくんちゃいますかね」

「ああ、そうなの」

と、言ってなにかを考える風であった赤岩は、スカ爺の方ではなく、首を曲げて窓の方を向いてベーコンを頰張り、そして言った。

「でも、晴れてよかったわね。あの子はどうなったのかしら」

口の周囲が豚のあぶらで汚れてヌラヌラになっていた。

「さあねぇ、でも、昨日、言うてたことがほんまやったとしたら……」

言いかけたスカ爺の言葉を聞いていなかったのだろう、ということは最初からどう

でもよいと思って、単なる言葉の接ぎ穂として言ったのだろう、赤岩はそれを遮って、

「おいしいわね」と言った。

どうしたことだろう、とスカ爺は困惑した。普通、自分が作った料理を誰かに褒められたらうれしいものである。ところが、この女に褒められてまったくうれしくない自分がいる。私は人に褒められていい気分になるのがうんと好きなはずだったのだが。

「ああ、素人の手料理ですよ。シェフがおったらもっとええんですけどね。シェフは昨日、原付で帰りましたからね。多分、死んだでしょう」と、スカ爺はわざとそんなことを言った。とにかくうちは材料はこだわってますからねぇ。全部、地元産なんですよ。塩とかオイルとかは入れてますけどね。けど、それもこだわってね、死んだシェフが。あと、そのバタとかも山麓のね、牧場で作ってるバタなんですよ。バタ。けど、その牛たちも全部、この雨にやられて死んだかもしれんな。もちろんバタ工場もミルク工場も。あなたは、それに対してどういう思いがありますか。あなたがいま食べているそのバタの元になった乳を出した牛や、その乳を苦心して、バタにした人が、もうこの世にいないかも知れないということを。

「あーん。そうね。あの子、どうなったのかしらね。若い子たちだったからね。なにしたかしらね。あ、ベーコンもおいしー」

「山野君、じゃあ、そういう事やからくれぐれも頼むよ」

「はい。了解です」

「ほな、支配人に見つからんうちに早よ、行き」

と、言ってスカ爺は三人の後ろ姿を見送って、仕方のないことだ、と思っていた。

そもそも強引な赤岩の懇請であった。

中庭に面した小食堂で赤岩に、黒手神社への詳しい道順を教えて欲しい、と言われ、スカ爺は驚愕した。なにを考えているのだ、と思った。いまこの状況下でそれ言うかあ？　と。

みなが生きるか死ぬか、多くの人が犠牲になったかも知れない、今猶、予断を許さない状況。ということはみんながマイナスの状況をなんとかゼロにまでもっていこうと、官民一体となって努力しているこの最中、このホテルだってそう、孤立してしまってみんなで力を合わせて、これから食料なども分け合っていかなければならない、だからこそ、いまのうちにという思いで、こうやって自分だけ食べているのだけれども、まあ、それもいわばマイナスをなんとかゼロにしていこうという営為といえる。にもかかわらずこのおばはんは、こんな状況下でも貪欲にプラスをゲットしていこうとしている。ありえないでしょ、普通。と思ったのである。

そして、そうしてその強欲を憎むがゆえに逆に、スカ爺は道順を教えた。なぜなら、いくら教えても、都会者の赤岩が、わかりにくいうえ、難所の連続する黒手神社にたどり着くとは思えず、その間、さんざんに苦労して、綺麗な服や髪がドロドロになり、靴が片一方なくなるなどしたら、いい気味だ、と思ったからである。

また、スカ爺は、出かける際、圧岡や新町に見つかるな、と釘を刺した。彼らがもし、赤岩が出かけようとしているのを見つければ、必ず、「いま、外を歩き回るのは危険だ。やめておけ」と言って引き留めるに決まっており、そうなれば、赤岩の強欲を自然の力によって懲らすことができなくなると思ったからである。

道順をゲットした赤岩は、電話をかけて山野と大馬を呼んだ。スカ爺は一度、赤岩にした説明をもう一度、山野にさせられた。

どうやら黒手神社の撮影をして雑誌に載せる腹づもりらしかった。スカ爺は、それはやめてほしいし、もしそんなことをして多くの人の知るところになれば神は怒り、授かるはずのパワーも授からなくなる、と言ったが、赤岩は、大丈夫よ、と言った。「肝心なことは書かないから。どうでもいいことを詳しく書いて、肝心なことは書かないのよ。これってすごくいいかも。わかる、わかる。と、思わせておいて肝心なことはぜんぜんわからないようにして書くのがあたしたちのビジネスだから、絶対に大丈夫」

赤岩に呼び出され、淡々と準備を始める山野と大馬の態度にもスカ爺は、なにかそぐわない感じを感じた。昨夜は確かに山野も大馬も確かな個人の感情を持っていたようにスカ爺には思えた。それが、こうして仕事となると、感情にいたる回路をバスッと切ったように、それを脇に置いて、機械のように動き始めるが、実際の話、それってどうなんだろうか。ホテルマンだって、工員だって、或いは、よく知らないが、トレーダーとか、そういう人だって、もうちょっと自分の感情と向き合って仕事をしているのではないか。にもかかわらずこうしてバスッと感情のスウィッチを切ってしまえる、このマスコミ人種っていうのはいったいなになのだろうか。スカ爺はそんなことを考えたのだった。

なにもかもが濡れて濡れて、日の光の届かぬ森陰から水蒸気が立ち上っていた。柔らかい日の光が山にも湖にも、その周辺の醜い人工物にも均しく降り注いでいた。国道は苦し紛れに延びている。スカ爺はその国道を歩いて遠ざかっていく三人の後ろ影を何秒かの間、見守っていた。そして同時に、見捨てていた。スカ爺は思った。

まるで干瓢のような後ろ影だ。

「誰も降りてこないがどうしたんだろう」

　と新町が唇を尖らせて言った。

「みなさん、まだお休みなんでしょうか」

　と圧岡が魅力的な声で言った。

「そんな訳ないやろ。この状態でのんびり寝てられる奴おるか」

　とスカ爺が髪をかき上げながら言った。

　三人はロビーに立ち尽くしていた。

「けどあれやな、もうこないなってしもたら、宣伝もへったくれもあらへんな。雑誌の人くるから言うて緊張してたけど営業自体でけへんねやもんな。けどまあ、誰も死なんでよかったか」

　そう口に出して初めてスカ爺は、赤岩たちが道の途中で事故に遭って死ぬ可能性を考えた。あの悪路である。しかも足下が悪い。地盤が緩んでいる。以前から落石事故が頻発している。滑落して湖に落ちて溺れたり、土砂や岩に押し流されたり、或いは、道がわからなくなって山に迷い込み、出てこられなくなる可能性だってある。そうなるとどうなるのだろうか。と、スカ爺の心が暗くなったとき、変な鳥の鳴き声がした。

なんだろう。ほんとだ、なんだろう。もしかしてウグイスか。もうウグイスが鳴いているのか。春が近いんだな。でもまだ鳴き方がへたくそだな。そうだな、でもこれから練習してどんどん上手くなるのさ、春に向けて！

スカ爺は気を変えるために言った。

「ところで船越様はあの後、どうなったのだろうか」

それを聞いて新町の心が暗くなった。

朝の光のなかに払拭されない闇があった。この朝の光そのものが闇の結果とも言えた。それならば、むしろどんよりと鉛色の、たっぷりと湿気を含んだ朝の方がよかったのか。それはそれで孤立が長期化する、山が潰れる。土石流が頻発する、ということになる。ひとりの罪のない女性の人間としての尊厳とは無関係に。

それはそれで駄目だが。しかしこれは……。やはり、最悪のこと、すなわち、若者たちが、いろんなことを言っているうちに我と我が言葉に昂奮し、抑制を失って不道徳に交わり、ついには殺してしまう、ということが起こったのか。なぜかそのビジョンが何度も頭に浮かぶ。幾分昂奮もする。そんなことが私のホテルで起こる。考えられないことだ。私は禿だ。ズルムケだ。圧岡君、助けてくれ。

どうしたのだろう。なんだか嫌なバイブレーションを感じる。

そう思った圧岡は、新町から顔を背け、新町とは反対側の階段室の方を用もないのに用のあるような素振りで見て、あっ、と声をあげた。階段室とロビーの境に女が立っていた。

船越恵子であった。

なんだかぼんやりしているようだったが、殴られたり、ひどい暴力を振るわれたような様子ではなかった。新町はその姿を見て、とりあえず殺されてなかった、よかった、と思うと同時に、そんな訳ねぇか、とも思い、そしてなにも考えずにただの音として、「大丈夫でしたか」と言った。恵子は、きわめて不思議そうに、「なにがですか」と言った。

スカ爺が心を込めて淹れたコーヒーは薫り高かった。

綺麗に足をそろえてソファーに浅く腰掛けた恵子が言った。

「お上手ですのね。私は薬を混ぜることはできますが、こんなにおいしくコーヒーを作ることはできません」

「いやあ。そんなでもありませんよ」

美しい女に褒められて照れるスカ爺を見て新町は苛立った。そんな爺を褒めるくらいだったら私を褒めたらどうなのか。禿という意味ではスカ爺だって禿げている。ならば年が若い私の方が好感を持たれてしかるべきなのではないか。そんな風に新町は苛立って、だから、という訳ではないが言った。

「そんなコーヒーの味がどうのなんてどうでもいいことです。それより、船越様、大丈夫だったのですか。昨日の夜、あの若者たちと客室にあがられてから、私たちは随分と心配したのです。そのため酒まで飲む始末で」

「酒は関係あらへんやろ」

「じゃかあしいわ。だってぇ」

「ええ。大丈夫でした。あの若い人たちは、昨今の教育が腐っているせいか、言葉遣いがところどころ間違っていますけど、親切で心の優しい若者たちです。一輪の花をそっと摘み取って雨の中で涙ぐんだり、去って行く女の子の背中を見つめながら幸福を祈ったり、そして自分たちのフィーリングをなにより大切にしてキャンドルに火をともして平和を祈るような子たちなんです。そんな子たちですから私を苦しめることなんて、悲しませることなんて、まったくできませんでした。はっきり言って期待外れです」

そのとき極度の緊張と恐怖のため、恵子は重苦しい、それでいながらキリキリと刺すような痛みを胸の中心のあたりに感じていた。自分はこれからどんなひどい目に遭わされるのだろうか。もしかしたら、殺されるのかも知れない。そんなことを考えていた。

尾崎と田尾のツインルームに入るなり、椅子に座るように勧められた。蠟燭の光に照らされた美しい大人の女性を目の前にした石田と田尾は照れたような笑いを浮かべて、なにか飲みますか。と問うた。じゃあ、ビール、お願いします。と、恵子が言うと、石田がすっ飛んで行って冷蔵庫からビールを取り出した。電源切れてますけど、まだ、けっこう冷えてますよ。あ、石田、俺もビールちょうだい。ほいよ。でも、もう後一本しかないよ。いいよ、後で石田の部屋から持ってくればいいじゃん。楽勝っしょ。だね。秀美、なに飲む。あたし、コーラ。ほいよ。そんな若者たちのやり取りを聞いて恵子は、この人たちはいつまで、こんなことを言っているのか。早くしてくれないだろうか。と思っていた。そこで、「早くお願いします」と、直接的に言った。「じゃあ、まあ、とりあえず、乾杯だけ」「かんぱーい」「かんぱーい」「なんかさあ、やっぱり、ちょっとぬるくなってない？」「でも、あれだよね、こんななんでもキンキンに冷やすのって日本だけらしいね」「でも、やっぱ、ビールとか冷えててほしいよね」「冬でも？」「うん、冬でも」「つうか、でも、とりあえず、始めなきゃ駄目じゃん」「だよね。じゃあ、ええっと、なにが一番、傷つくんだろう。ええっと、船越さんでしたっけ。やっぱ、雨女ってアレですか。傘とかけっこう持ってます？」「いや、別に普通ですね」「あ、そうなんですか。あ、なんか意外ですね。そういうレイン・ファッションみたいなの、けっこう、凝ってんのかなあ、とか勝手に思ってたんですけどね」

と、若い男二人はそんなことばかり言って、なかなか罵倒をしなかった。というのは、こうして改めて間近で見る恵子はやはり美しく、その美しい女性の歓心を買う、というのはまあないにしても少なくとも、この女の人に嫌われたくないという二人の若い男の願いがあったからである。また、二人は本当に心の優しい、ナイーブな男であったので、スカ爺のように心からよろこんで人を罵倒することができなかった。

と、なれば、女の尾崎秀美が罵倒をすればよいようなもので、ひとつの意味において、尾崎は心の底から罵倒ができる心理状態にあった。

尾崎はむかついていた。

尾崎は女特有の直感力と洞察力で、石田のみならず田尾までもが、恵子の美貌に心を奪われていることを見抜いていた。なので、本当は恵子をぼろくそに罵倒したかった。けれども、あえて罵倒はせず、機嫌の悪い素振りもみせなかった。尾崎は、ここで自分が恵子を罵倒したら、なんだか嫉妬して罵倒したみたいになってカッコ悪い、と思っていたのである。尾崎は自分の容貌が恵子の容貌に比して、かなり劣っていることを正確に認識していた。

尾崎は周りから、可愛い、と言われていたが、それはあくまでも尾崎自身が努力して可愛い雰囲気を演出しているからそう言われるのであって、もしも、尾崎自身がその努力を放棄すれば、別にそこらにいる地味でブサイクと言われている子たちとそう変わらない、ということを尾崎は熟知していた。

しかし、恵子は違った。憔悴しきって、悲しみの極みにあって、自分を粉飾することなく、まったく考えずにいて、恵子はなお美しかった。この女なら、と、尾崎は思った。

この女なら、すっぴんで、髪の毛バサバサで、雪駄履きで歩いていても男が振り向くだろう。もちろんいい意味で。「うわっ、ええ女やなあ」って感じで。私が同じことをしても男が振り向く。もちろん悪い意味で。「うわっ。きったない女やなあ」って感じで。こんな女がいるから私のような一般の女が迷惑するのだ。私は鷲鼻だ。

尾崎はそう思って悪口を言わないし、田尾も石田も嫌われたくなくて悪口を言わず、ビールや、ビールがなくなった後は、飲む者は、Hennessy のミニチュアボトルや山崎のミニチュアボトルを開けて飲み、飲まぬ者は茶や水を飲み、どうでもいいような周辺の話をするうちに次第に夜が更けていった。

大切な想いを抱きしめて香の物を切っているような、斜めになった君のハートを緩めて、丼を割ったような若者たちの当たり障りのない話を聞き、質問に答えるなどするうちに、心の優しいのもよいが優柔不断に過ぎる。そう思って、ナイーブな心が多少、傷ついてもよいから、ちょっときつめの調子で、いい加減に始めていただけませんか、と言おうかな、と、恵子がそう思ったとき、窓に溜まった水滴を手で拭い、そこに映った自分の鷲鼻を見つめていた尾崎秀美が、あれっ、と、頓狂な声を挙げた。

「あれっ。なんか、雨、やんできてないですか」

「マジすか」

田尾が窓のところに来て外を眺めた。

「ホントだ。雨の音が小さくなってるし、弱くなってる気がする」

「そんなことはありえない」

恵子はそう言って窓を細く開けて、外に手を差し出した。

本当に雨が弱くなっていて、恵子は混乱した。自分が雨女であることがわかって二十余年。こんなことは一度もなかった。いったいどうなっているのだろう。或いは、私はこの低温な感じの会話にけっこうダメージを受けているのだろうか。いや、そんなことはない。こんなことが苦しみなのであれば、これまでの私の苦しみと悲しみはなんだったのか、ということになる。私にはもうなにもわからない。私はもうつかれた。なんてひどい鷲鼻なのか。

「私は眠くなりました。石田さん、と仰いましたよね。あなたの部屋を使わせていただけませんか」

唐突に恵子は言った。

「あ、マジすか」

と、田尾が言った。その口調に、もっと恵子にいて欲しい、という感じがあるのに尾崎は気がついていた。

「いっすけど、こんな夜に眠れますか」

「ええ。薬を飲んで眠ります」

「あ、じゃあ、俺、案内します」

そう言って石田は懐中電灯をとり、先に立って部屋を出て行き、恵子も続いて出て行った。

田尾は部屋が急に空虚になったと思った。そして石田がこのまま戻ってこないのではないか、と思い、もしそうなったら、関係ないけどなんか腹立つな、と思っていた。しかし、石田はすぐに戻ってきた。ボストンバッグを手にしていた。石田は言った。「今日、ここに泊めてくれ」「ああいいよ」田尾は答え、これこそが男の友情だ、と思って満足した。

尾崎は鷲鼻を見つめていた。しかし、窓は再び水滴で曇って鷲鼻は少しも見えなかった。


「そういうことで私はいままで眠っていたんです」

「なるほど。じゃあ、あの人たちも」

「眠ってるんじゃないですかねぇ」

「じゃあ、結局、あなたは苦しい目に遭わなかった」

「ええ」

「じゃあ、なんで晴れてるんだろう」

「わからない。私にもわからないんです。私は苦しんだのでしょうか。もしかしてあの醜い鷲鼻？」

「知らんがな」

スカ爺に突き放すように言われて、恵子はいまこそ吉良に会いたいと思った。吉良に抱きしめて欲しい、と思った。それは堰を切ったように溢れる感情だった。もうどうしようもない。私は、長いこと感情を薬で眠らせてきた私は溢れる感情をコントロールする方法を知らない。決壊してしまったらもう終わり。それでおしまい。けれども吉良の部屋に行くのはまだおそろしい。恵子は新町に吉良の部屋に電話をかけてここに来るように言ってくれと頼んだ。かしこまりました。と言って帳場に行った新町は戻ってきて、「お出になりません」と言った。

「おかしいわね。どこにいるのだろう」

訝る恵子と新町にスカ爺が、自殺したのかも知れない。と言った。大分、苦にしとったからな。と。新町と恵子が玄関に走り、戸を開けた。玄関に至る階段に吉良はずぶ濡れで倒れていた。

吉良は高熱を発し、ガタガタ震えていた。即座に治療しないと死ぬ感じだった。ときおり譫言《うわごと》を発し、揉みほぐすような仕草をした。圧岡、新町、スカ爺は、ソファーに寝かせた吉良の身体を乾いた布で拭い、衣服を着せ、毛布を巻き付け、身体を温めた。

吉良が恵子の名を呼んだ。恵子が口元に耳を近づけた。吉良は掠れた声で言った。

「恵子さん。もう大丈夫です。祈りました。龍神に祈りました」

そう言って吉良は突然、眠りに落ちた。その呼吸は深く、規則正しかった。なぜか、恵子の頭の中に大小の千の鷲鼻が現れ、啼き声をあげながら風に舞った。


夜半。確かな足取りでバーを出た吉良はそのまま湖畔に向かった。吉良は斜面を下り、遊歩道の先にせり出した土壇にぬかついて合掌した。胸まで水につかった。髪の毛から滴る水で前が見えなかった。もはや吉良はなにをどうしてほしいというようなことは祈らなかった。吉良は精魂をすべて失い、抜け殻のようになった、獣のように純一な祈りを祈った。そうすると雨の音が聞こえなくなった。風の音も聞こえなくなった。ただ、ゴウゴウゴウという音が頭蓋のうちに木霊していた。

吉良はどれくらいそうしていたのだろう。もし湖畔の斜面から吉良を見る者があったとしたら、その姿は、杭に引っかかったゴミ袋にしか見えなかっただろう。けれども、そいつがどんなにアホだったとしても、どんなに霊的に低級な人間だったとしても、そのゴミ袋に向かって、湖の中心から、水面がふたつの山脈のようにグングンせり上がって迫ってくるのは見逃さなかっただろう。さほどに、いみじき水面のせり上がりだった。

そのとき吉良の身体はもはやその働きのほぼすべてを失っていた。目は随分前から見えなかったし、耳も聞こえなかった。寒さも水に濡れた感じも感じず、吉良はただただ思いだけの者と成り果てていた。

その思いだけになった吉良の思いのなかの頭を摑む手があった。乱暴な手つきであった。しかも機械油でヌルヌルしていた。力任せに両の手で頭を摑み、がすっ、親指を頭頂部に突っ込んだ。ベキッ、という音がして頭蓋に亀裂が入った。ベキベキベキベキベキベキッ、手はこれを、左右に割り、今度は一転して慎重な手つきでこれを裏返し、頭の裏の繊毛が生えてジュクジュクした部分が外になり、表の乾いた部分が内になった丸玉を拵えた。頭の内側にあった吉良の思考と感覚が自然に拡散していった。それをなした手は丸玉を湖面に投げ捨て、もの凄い速度で昇天して見えなくなった。そのときところどころで空気が燃えた。丸玉はゆらゆらと湖の中心に流れていった。

吉良の思いは濃度を薄めずに拡散していった。そこへ、響いたのは言葉でも音でもない、単なる力が突如として現れた。それはたとえて言うならば地震のようなものであった。しかし、本来、外にないはずの内の思いを外に拡散させて、抑制のきかぬまま、外の自然と絡み合ってしまっている。なので、たとえ、それが風の音であったとしても。或いは、枯れ葉がはらっと落ちる音だったとしても。そのうちに文脈をはらむという地獄のような世界に成り果てている、という特殊事情のなかで、吉良の頭の内側が外に拡散してしまった世界で、そのパワーは次のごとき文脈を持っていた。ひとつ。自分は龍神である事。ひとつ。その龍神である自分が雨をやませる事。ひとつ。そのために自分に人間ひとりの命を捧げること。そんなことを力が、ある意味で言うと言っていた。それに対して吉良の意識のひとつが思っていた。

それは嘗むべきことだ。ただし。気になることがひとつある。それは犠牲を差し出せ、という点だ。それは端的に言って恵子のことなのか。吉良の意識がそう思うとき、それに答える声があった。といってでも、吉良の頭の中が世界の万物に付着し、合一してしまっていたので、それらは問いでも答えでもなく、ただ、そこにある力だった。しかし、それではわからないので便宜的に言葉にするとすると、以下のようなことだった。

「それは、端的に言って、恵子を寄越せと言うことなのか。それは駄目だ。いけにえが必要なのであれば僕がなる。恵子は助けてやってくれ」

「……(黙して語らず)」

「なんとか言ったらどうなんだ」

「君は」

「なんですか」

「ただ、祈ってたんじゃなかったのか」

「ああ、さっきまではね。ただ……」

「ただ、なんだよ」

「犠牲とか言うから、なんか急に現実的になっちゃって」

「なるほど。それはそうだね。君らにとっちゃ利害関係の話だからね」

「なんだ。急に話しやすい感じになったじゃないか。じゃあ、恵子は助けて貰えるんだね」

「甘い」

「え、駄目なの」

「駄目だね。犠牲はこっちで決める」

「え、そうなの」

「あたりまえだ」

　そんな力の揺らぎがあったその頃、湖の中心に流れていった丸玉は、中心で停まるとそのまま真っ直ぐ、まるで吸い込まれるように湖底に沈んでいった。気泡が立ち上った。それから暫くして爆発が起き、湖底から大量の水と土砂が噴出し、湖の中心に島ができあがった。島には小さな入り江があり、砂浜もあった。

　砂浜に朝日が射している。その砂浜にゴミ袋のようなものが打ち上げられていた。吉良であった。俯せた状態で浜に打ち上げられていた吉良はのろのろ立ち上がり、すぐに膝を抱えて座った。全身がどんよりしていた。ひどい二日酔いだ。そう思った吉良は同時に、思っていた。あの手はいったい誰の手だったのか、と。

「という訳で僕は沖の小島に流されて、必死で泳いで、でも酔いも残ってるし、何度も溺れかけて、それでもなんとか戻らなきゃと思って、たどり着いたんです」

　と、恢復した吉良は人が変わったような陽気な口調で言った。

　中庭に面した小食堂で日の光を浴びて吉良はトーストをほおばっていた。傍らには船越恵子が座っていた。そのふたりを取り囲むように圧岡、新町、スカ爺が立っていた。みなに均しく恩寵のような光。

「いやあ、でもホントよかったですよね」

と、圧岡が可愛い口調で言った。

「雨もやんで山体も崩れなかったし、夕方までには救援物資も届けて貰えるって言うし、それまでみんなで力を合わせて頑張りましょう」

「ああ、そうやな。一時はどうなるかと思たけど、悲惨なことにならんでよかったな」

「それというのも、吉良さんの愛の力ですよ。吉良さんが恵子さんを思う気持ちが龍神様に通じて、それで雨がやんだんですよ」

「ほんまやなあ。ある意味、ほんまやなあ。なんや、ようわからんけど龍神さんが、まあ、はっきり言うたら、人柱出せ言うてきた、ちゅう訳やろ。悲惨な話やないかいな。それをやで、結局のとこ、人柱も出さんのに晴れさしてもろた、っちゅうことは、おまえ、龍神さんがやな、おまえらの愛に負けた、と。こない言うた、ちゅうこととちゃうんかいな」

「本当ですね。心がさわやかになりますよね」

「ですね」

「いやあ」

と、吉良は照れ、マーガリンの付着した手で頭をかいた。髪の毛にマーガリンが付着した。恵子はそれをみて汚らしいと思った。昨晩は口にはげろがついたし、いまは髪の毛にはマーガリン。馬鹿じゃないの。

「いやあ、祈れば通じるんですよ。祈りには現実を改変する力があるんですよ。それを、そんなものは迷信だ、といって馬鹿にする人がいるけど、僕は実直に信じてただけなんですよ」

「いやあ、本当ですよね。よかった、よかった」

と言いながら新町は、やはり雨女などというものはただの妄想だし、まあ、はっきり言ってこの人たちは、まあ、きちがいですよね、と思っていた。というか、こんなところに観光に来る奴はそもそもきちがいだしね、とも思っていた。そんなことを思うくらいに俺は疲れすぎている、とも。そう思いつつ、新町は言った。

「本当に僕らもこういう仕事をしていて本当によかったな、と思いますよ。疲れも吹っ飛びます。あ、でも、こういうエピソードを、あの、雑誌に載せて貰えるといいんだけどな。大雨の夜、孤立したホテルで龍神に祈って実った愛、或いは、愛が救った土砂災害、みたいな。それで、こうなんていうんですかね、恋が実るみたいな、そんな記事を載せて貰ったら、たくさんのお客様にいらしていただけるんじゃないかな」

「もー、すぐそうやって、なんでも仕事に結びつけようとするんだから。いやな、支配人」

「まあ、そういうもんじゃないよ。いまのご時世、それくらいじゃないと生き残っていけないのさ。本気で頼んでみようかな。そう言えば赤岩さんたちはどちらにいらっしゃるのだろうか。お部屋にいらっしゃるのかな。或いは、増水した川でも見にお出かけになったのかな。スカ爺、赤岩さんたちをお見かけしなかったか」

ルンバを飲み込んだような顔で、知らない、とスカ爺は反射的に答えた。そして、雨がやんだその理由を悟った。吉良によれば龍神は、生け贄は自分で選ぶ、と答えたという。そして、スカ爺が教えた道のあたりは、数日前から巨大落石が頻発しているあたりだった。龍神は生け贄は自分で選ぶ、と言ったのだ。

しかし、誰が知ろう、神の心を。鏡のような湖面の奥底でどれほど奇怪な神秘が渦巻いているかを。人柱となり苦しみ悲しむ者がこの世には必ず存在する。そしてそれは人間が決めることではない。でも、これからドンドンよくなっていく。それもひとつの功験として受け止めて、とにかくまだ救助には時間がかかるだろうが、それまで僕たちは力を合わせてやっていこう。希望に向けて。未来に向けて。みたいな。と、スカ爺は考えていた。

スカ爺が、知らない、と言ったとき、新町は、こいつ絶対、なにか知ってる。と思い、後で、もう一度聞いてみよう、と思っていた。けれども、その前にこのあたりの様子を確かめておくべきだ。そう考えて新町は玄関から外に出て、湖畔全体が見渡せる駐車場のところまで歩いていった。

旅荘やホテル、土産物屋の従業員などが、多く湖畔に出ていた。掃除をしているのか、と思うとそうではなく、みな、湖畔を巡る道路脇にぼうと立って湖の真ん中ら辺を見ていた。彼らの視線の先には昨日までなかった小島が忽然とあった。

日射しがよほど強くなっていた。なにもかもが濡れている湖畔の、その全体が強い日射しに輝いていた。ウグイスがさっきよりもよほど上手に鳴いた。それでもまだ下手くそだった。まだ、あかんな。呟いて新町は湖畔に至る敷地内の小径を大股で下っていった。

湖畔の愛

周囲を山に囲まれた神秘的な湖は人を引き付けてやまない。立ちこめる霧。吹き寄せる風。揺らいで縮緬のような皺が寄る湖面。或いは。葭《あし》が茂る汀から景色《けいしょく》を眺めていると視界を横切って渡り鳥が飛んでいく。湖底には神宝が眠り、ときに龍神が天翔るという言い伝えもある。

そんな景色や物語に魅了された人々が数多くやってくる。問題はそこだ。人間は神秘に憧れ、神秘を求めて湖に集まる。ところが。人間は神秘だけでは生きていくことができない。人間は神秘とは正反対の実際的な施設や物資なしには一日だって生きていられない。

そこで多くの人が参集する湖畔には神秘とは真逆の、船着き場、土産物屋、公衆トイレ、駐車場、カフェ、レストラン、ソフトクリームスタンド、コンビニエンスストアー、ガソリンスタンドその他。

そうした施設はすべて色とりどりの看板を掲げて神秘を損なう。そしてそれよりなにより、そうした設備や施設が増えればやってくる人間の数がまた増え、その人間の高い声や不作法な振る舞いが互いに衝突して発生し放散されるエネルギーが激しく神秘を損なった。

しかしいったん言葉によって神秘と定められた神秘は不壊。人々は言葉に神秘の欠片を見つけるために陸続としてやってくる。

ああああああっ。そも神秘とはなんぞや。広大な九界湖の畔に建つ、良縁をもたらすという触れ込みの神社には思い詰めたような顔の若い女性が絶え間なく訪れ、その様子には鬼気迫るものがある。それもまた神秘と言えば神秘だが神の功験・霊験が神秘なのか、それとも人の心が神秘なのか。そんなことは誰にもわからない。湖に吹く風とビル風の違いはどこにあるのか、と問うようなものだ。ところで。

若い女といえば、ここにも一人の若い女がいて思い詰めたような顔をしている。といってでも、ここは岩を踏み、草の根を摑んで進む険しい岬越えの参道ではない。清潔で快適なホテルのロビーである。

女は花の入った壺を抱え、左の柱の陰、階段の脇から現れ、左の柱の脇の臺《だい》に花の壺を置き、浮かぬ顔をして立っている。顔つきは美しい。美しいが暗く沈んでいる。

花の顔が台無しである。そして花と言えば。

いま女が運んできた花も安っぽかった。配色もどことなく田舎くさく野暮で、壺の大きさに比べて分量が少なく、花を飾ることによって余計に貧寒とした感じになったような、そんな観があった。女はそのことを悲しんでいるのか。答えておくれ。湖の上空を飛ぶ小鳥よ。

という前に問うことがいくらもある。

そもそもここはホテルらしいが、どこにあるなんというホテルなのか。この女はだれなのか。るほほほいっ。そんなことは小鳥に聞かなくたってわかりそうなもの、っていうか、わかる。わかることは記すし、言う。

ここは俗化した湖からやや登ったところに建つ九界湖ホテル。物語化された屁のような神秘を追い求める人々の求めに応じて変化していった他の施設とは一線を画す、典雅で優美な、独自路線を行くホテルだった。そして女は……。

と言おうと思うとき、右奥からでっぷり肥った男が現れて女に声を掛けた。

「圧岡君」

「あ、支配人」

これで女の姓が知れた。女の姓は圧岡。そして男の姓は支配人、ってそんな訳あるかいっ、あるかいっ、あるかいっ、あるかいっ、と遅延した音がいつまでも響くのは、支配人、などという姓は芸名・筆名ですらない、と思われるからである。ということは、そう、支配人というのは男の役職であろう。ところが男は、「支配人はやめてくれよ。僕はもう支配人じゃないんだから」と言った。

「すみません。支配人」

「また、言ってる」

「ごめんなさい。すっかり癖になっちゃってて」

と女は詫びた。

「なにも謝ることじゃないが」と男は苦笑した。その苦笑にはどんな意味があったのか。それは、もはや支配人ではない、という言葉から知れる。そう、男は降格されたのだった。男と圧岡の会話はそれから暫くの間続いたが、そこから事情をくみ取るのは面倒くさい。沖の千鳥が知っている程度のことはすべて審《つまび》らかにしてしまおう。

男の名前は新町高生。九界湖ホテルの従業員であることは圧岡と同じく制服を着ていることから知れる。そして新町はかつてはこのホテルの支配人という地位にいたが、いまは降格されて平の従業員になっていた。なぜ降格されたのか。とんでもない失態をしたのか。いやさ、そうではなかった。九界湖ホテル株式会社は売却されて経営者が替わり、組織替えがあり、大規模なリストラといえば聞こえがよいが、はっきり言って首切りがあった。

その際、新町は、ならばこの際、すっぱりとこの業界から足を洗い、別の仕事を始めようと考えた。なぜか。なぜ新町は多くの仲間がそうしたように周辺に数多くあり、慢性的な人手不足に悩まされている同業他社への転職を考えなかったのか。

それは九界湖ホテルが好きだからであった。彼は九界湖ホテルの建物やサービス、伝統がとても好きだった。そしていろいろと文句を言いながらもオーナーとその支援者・太田の人柄も好きだった。

そんな九界湖ホテルに長年勤めた新町は、湖畔に黴のようにはびこって景色を蝕む、低価格路線のホテルや旅館で働くのが嫌で嫌でたまらなかった。それだったらいっそのこと、まったく関係のない、酒販業界か食品卸といった方面、または魚介類が好きなので鮮魚を取り扱うような仕事に就こうと思い詰めていたのであった。

ところが豈図らんや、新町は新しい経営陣に、残って欲しい、と言われた。なぜというに、そりゃあそうだ、いくら経営を刷新するといっても革命を起こすわけではなく、旧いものをすべて破壊し尽くした後に新しい経営をうち樹てるなんてことはできるわけがない。というかはっきりいって予約のお客様もあり、どうしたって事情がわかっている人間が必要になってくる。

そこで新町に声がかかった訳だが、そうなると現金なもので、それまでは、やはりこれからは酒販か鮮魚の時代、旅館・ホテル業なんてなのははっきり言ってクソだよ、と言っていたのが、いやー、素人に鮮魚は難しいでしょ、やっぱ。と思うようになって。

それで新町は残ることにした。つまり結局のところ彼は九界湖ホテルが好きで、そこから離れられなかったのである。そこには勿論、この歳になって知らない業界に行って苦労したくない、という計算もあった。しかし。

そう。以前と同じ待遇ではなかった。彼は降格され、代わりに本社から新しいマネージャーが赴任してきた。綿部という痩せた陰気な若い男だった。会計士の資格を持っているという触れ込みだった。新町が持っている免許は危険物取扱免許と普通免許だった。

そこで新町がもう一度、鮮魚か酒販の気持ちを盛り上げようとしたが、盛り下がった気持ちをもう一度、盛り上げるのは難しく、新町は残留を決意した。

そんな新町に正式の挨拶をしないまま、オーナーと太田は西国へ下っていった。新町は一言くらいあってもよいではないか、と思ったが、投資に失敗してすべてを失った太田はすっかり爺むさくなって背も丸まっていて、新町は、まあ、仕方がないか、と諦めた。

圧岡がホテルに残ったのもほぼ同じ理由だった。圧岡もまた九界湖ホテルを愛しており、残留を打診され、すぐにこれを受けた。ただ、新町と違った点がひとつあった。それは新しいマネージャー、綿部の強い推挙があったということで、綿部は圧岡の美貌に目を付け、心の底に邪な感情を抱き、いつか地位や立場を利用してこれを我が物とできるのではないか、と夢想したのである。恐ろしいことだ。

そんなことがあって、圧岡は浮かぬ顔をしていたのだろうか。それはわからない。そのわからないことを新町が会話の中でついに問うた。

「……しかしながらどうしたんだい。浮かぬ顔をして」

「えっ、私、そんな顔してました」

「してたよ。せっかく取ってきた印鑑証明がどっかいっちゃって、また、区役所にいかなきゃ、みたいな」

「もう、新町さんたら」

と、圧岡はもはや支配人とは言わなかった。そして自分が浮かぬ顔をしていた理由を説明した。

圧岡は、自分が浮かぬ顔をしていたのは、やはりそうだった、この安っぽい花のせいだ、と言った。以前はロビーに飾る花は、長年出入りの花屋が持ってくる趣味のよいものだった。しかるに経営が変わって、花屋も替わり、しかも配達に来る兄ちゃんが横柄で、俺は元来、花を運ぶような人間ではないが、たまたまいまは花を運んでいるに過ぎない、なめるな、といった態度を全開にして、正面玄関に花を置き去りにしていく。それでも花がよければ、喜んで壺を運ぶのだけれども、なんですか、この花は。みすぼらしく、安っぽく、色の取り合わせもムチャクチャで、こんな花が九界湖ホテルのロビーに飾られるのか、と思うと悲しくなって暗く気分が沈み、それがつい表情に出てしまったのだ、という意味のことを圧岡は、だって、このお花が……、と、短い言葉で説明した。

それに対して新町も、わかるよ、と、短い言葉で答えた。なぜなら一事が万事だったからで、カストマーへの訴求がなによりも大事、と主張する綿部は、ロビーのいたるところにフェアや地元イベントのポスターを掲示して、ロビー周辺は以前の輝きをすっかり失い、また、ブッキングも個人客から団体客へのシフトが進みつつあった。

「でも、まあ、そう言わないで頑張ろうよ。そういえばその花、スカ爺が好きだったよね」

と新町は言い、言ってから、しまった、と思ったが既に遅い。スカ爺ととりわけ仲が良かった圧岡はますます暗く沈み込んでいく。

スカ爺が酔っ払って湖に転落し溺死したのはホテルの売却が正式発表された夜だった。身売り騒動のドタバタの中、ようやっと連絡が取れた遠方の身内もこないままに、ごく簡単に葬儀を行い、親戚、という老人が遺骨を引き取って、その日以降、構えてスカ爺のことを話す者はなくなった。

それでも、日に何度かはふとスカ爺のことを思い出して、隣に居る者に、「けど、あんな爺さん、いつ死んだってよかったよね」など言い、言われた方も、急にそんな話題を振られて普通ならなんのことだかわからないはずなのに、すぐにスカ爺のことだと了解して、「そうだとも」と応じた。要するに。

みなスカ爺が好きで、その死を悼んでいた。ただ、どうやって悼んだらよいのか、そのとっかかりがつかめないにすぎなかったのだ。だからこうやって暗く沈む。だけれども。

圧岡が暗いのはそれだけではなかった。えっ。職場の雰囲気が悪くなったのと、セクハラされそうなのと、仕事仲間の急死以外にまだ悪いことがあるの？　という声が湖面を滑って山麓を駆け上がり、上昇気流に乗って雲断ちわれる。

まあけれどもそれは悪いこととは言えないのかも知れず、考えようによってはめでたきこと。でも圧岡にとっては考えるのが面倒くさい、気鬱なことであった。

それは縁談であった。

良縁と言えた。相手は歳はかなり上であったが、圧岡と同じ中学高校を卒業した地元の人間で名の知れた会社の東京本社に勤務、よい地位に就いていた。圧岡の友人、温水示子がもたらした縁で、相手の男は温水の夫の同級生であった。歳がうえでよい地位に就いている相手から若い女が望まれる、という図式から考えると、相手の男は不細工な男であるように思いがちだが、服部凡司というその男は身だしなみのよい、超絶男前で、最初、温水示子の導きで四人でレストランで会った瞬間から圧岡は好意を抱いた。そして同様に好意を抱いたらしい服部はただちに求婚した。

というと、圧岡と服部の間ですでに男女の関係があるように聞こえるが、そんなことはなかった。ではなぜ、経済力もあり、超絶男前で、選択肢はいろいろとありそうな、服部がそんなにも圧岡との結婚を急いだのか。それほどに圧岡に執心したのか。それともなにか特別な事情でもあったのか。そんなことはわからない。それは服部の問題であり、服部のなにかであって、そんなことがわかるはずもない。なんか急に気に入ったのだろう。

しかしそれにつけても縁談がどんどん進んでいることは事実だった。同郷ということで家族だけではなく、周囲も盛り上がっていて、実はそのことが圧岡の心を暗くしていた。

というのは、当初は、まあ、このホテルも先がないようだし、経済力のある男と結婚して家庭に入り安定した人生を送るのが、やはり女性としての幸福だし、結婚するのもいいのかな、などとどこか他人事のように考えていたのだが、そうして話がどんどん進むにつれ、果たして自分の一生の問題をそんな軽い乗りで決めてしまっていいのか、とか、自分は服部の経歴や表面上の印象だけで判断しているが、それは間違いではないのか、と考えたり、自分はまだ若く、仕事も恋愛もろくに経験していないが、このまま家庭に入ってしまってよいのか、と思うなどもしていた。

特に仕事については、段々に覚えて、自分が判断してしたことが反応となって返ってくるのが、このうえなくうれしくおもしろくなってきた頃合いだったので、やめたくない気持ちが日増しに募った。けれども服部の出したほぼ唯一の条件は、仕事を辞めて東京に来ること、であり、仕事を辞めず結婚をするというのは不可能だった。そして右に言うように縁談はどんどん具体的になっていって結納こそまだ交わさぬものの、いまからこれを覆すのはとてつもなく面倒と思われ、なんとなく先送りをしているうちに、ますます結婚が既成事実化していったのである。もちろん職場にはまだ退社すると言っていない。すなわち圧岡は変則的な、ふた股、をかけている状態にあり、そのことが圧岡の心に重くのしかかっていたのであった。

そのことをいまは考えたくないし、いま考えて結論の出る話ではない。とにかくいまは眼前の仕事に集中することが大事だ。肝要だ。枢要だ。え、どっち？　わからない。私、国語の成績、悪かった。って、どっちでもいい。いまは仕事よ。仕事をするときよ。

と半ば意図的に思考を散乱させつつ圧岡は言った。

「そんなことより支配人、じゃない新町さん、そろそろ、例の団体のお客様がご到着の頃合いじゃありませんの」

「ああ、そうだった、そうだった。団体のお客様がご到着だ。こうしちゃあ、いられない。だからといってどうしたらいいかわからない」

と冗談を言ったのは新町が、個人のお客ではなく、団体客、それも単価の低廉な外国人や学生サークルの合宿などの予約が多く、以前のような落ち着いたサービスを提供できなくなったという現実と向き合いたくなかったからであった。

そして圧岡は、そうやっておっさんはすぐに洒落や冗談にしてその場を誤魔化してしまう。私は男性は嫌わないが、そうして安易かつ即座に、場の雰囲気、を創出して、本質的な問題を一時的になかったことにしてしまう年輩の男の甘えた雰囲気が大嫌いだ。と思いつつも、職場というのはそうした個人の考えを表明・表出するところではないから言わないけど、と思い直し、その代わりというわけではないが、「あれ、でもそれにしても遅いなあ、十五分前に鶴丘さんが出ていったんだけど、まだいらっしゃらない」と言った。圧岡がなにを言っているのかというと。

九界湖ホテルは湖畔から少し上がったところに建っていて、湖畔を周回する太い道から分かれた細道を上ってこなければならない。ところが、その細道の入り口がわかりにくくて、なかには広い湖を三周も回った、というお客様もおられ、先ほども、本日、ご予約の立脚大学演劇研究会のご一行が、「湖畔からホテルに上がる道がわからない」と電話を掛けてこられた。そこで鶴丘老人が湖畔まで迎えに行ったのだが、それは十五分も前の話で、湖畔までは歩いて五分もかからないから、お客様はとっくについていてもおかしくないはず、なのにまだご到着じゃないというのはいったいどうしたことかしら。と、圧岡は訝っていたのだ。「おかしいですねぇ」と。

　と、丁度そのとき、

「いやさ、洒落たホテルじゃないか」

「ほんたうに。こんな洒落たテルホが夕食付で一泊九千八百円なんて信じられないわ」

「魔力かもね」

「いや、磁力でせう」

　など醜く罵り騒ぎながら入ってきた一団があった。圧岡が、年格好や服装、持ち物からして立脚大学演劇研究会の皆様に違いないと見当をつけていると、案の定、そのなかの世話方的な感じの腕のところに島帰りのような二本線の入った卵色のカーディガンを羽織った男が進み出て言った。

「あのお、予約していた立脚大学の……」

「演劇研究会様ですね。お待ちしておりました。そちらにお掛けください」

と、みなまで言わせない新町にはお客様のお名前などというものはすべて記憶してやるぞ、というもの凄い気迫が感じられた。けれども、その気迫の割にまったく記憶していない新町であった。

お掛けくださいとは言ったものの人数が多いので全員が座れるわけではなく、多くの者が立ったまま口々に雑言を言い立てている。そんななか、勧められたソファーに腰を下ろした卵色のカーディガンを羽織った男、名を島岡つん字という、が、チェックインの手続きを進めていた。

その間、黙りこくってお客様の手元を注視しているようではホテルマンとしては失格、そこはやはりいろんなトークをしてお客様の気持ちを和らげ滞在を楽しめるようにお手伝いをしなければならない。新町はその書類に何気なく目を走らせて言った。

「島岡様たちは演劇の研究会とおっしゃられますと、やはりあれですか。歌舞伎かなにか研究をされるのですか」

「いや、歌舞伎はやりません」

「あ、じゃあ新劇の方で」

「新劇もやりませんね」

「じゃあ、なんなんですか」

と、半ば切れ気味に問う新町を圧岡が窘《なだ》めた。

「新町さん、お客様に失礼ですよ」

「あ、ごめん、ごめん。お客様、申し訳ございませんでした」

「ああ、いいんですよ、別に」

「よくありませんよ」

と圧岡はなおも新町を詰めた。

「新町さん。なんて失礼なこと言うんですか。考えたらわかるでしょう。だいたい立脚大学なんて聞いたことありますぅ？　ないでしょ。要するに、卒業したことが逆に重い十字架になるようなFランクの大学なんですよ。就職なんて絶対ないんですよ。そんなレベルの低い大学の人が歌舞伎や新劇なんてわかるわけないでしょう。こんな人たちに理解できるのは物真似くらいですよ」

「しっ。君こそなんてこと言うんだ。君の方がひどいことを言っているというのがわからないのか。万が一、お客様に聞こえたらどうするんだ」

「丸聞こえですよ。まあ、いいですけど」

「いいんですか」

「まあ、まったく当たってないわけじゃないですからね」

「ははは、やっぱりアホか」

「こら。それではご案内して」

「遅れてくるグループもあるんでよろしくお願いします」

「畏まりました」

と、圧岡が一行を案内していった。

ロビーには新町ただひとりが立っていた。

新町はあたりに誰もいないのを幸いなことにして、変な踊りのような所作をした。両の手を上に上げ、頭の上で合掌するようにし、口をすぼめて目を可愛らしい感じに見開いて膝を揃えて曲げ、激しく頭を振ったり、尻を突き出して身体をくの字なりに曲げ、横向きになって左手を腰に右手を正面に向けた顔の横に添えて暫時わななく、或いは一転、土俵入りのようなことをする。ラジオ体操第六みたいな珍妙な体操をする。ジャズダンスをする。

一頻りやったかと思うと新町はふとやめ、「俺はなにをやっとるんだ」と独語を言った。

「誰も見ていないからよいようなものの、人が見ていたら頭がおかしいと思うだろうな。しかし、俺はおかしくない。普通だ。普通の人間だ。誰だって自分の部屋でひとりのとき、こういうことをしているはずだ。いや、もっと変なこと、もっとおかしいことをしている奴もいるはずだ。まあ、俺のおかしいところはそれを職場でやっていることか」

そう言った新町は爪先立つと、まるでバレエダンサーのように、クルッ、と回転した。その背後に人影が立ったことに新町は気がつかない。気がつかないでまた独語する。

「はは、例えばこんなこととかな。けれども俺がこんなことをやるのは、そう、あの綿部のせいだ。ほんまに腹の立つ男だ。あのチンチクリンは。会計士かなんか知らんが、そんなものはなあ、現場では通用しないんだよ。だいたいあいつはホテルマン向きの顔じゃないんだよ。じゃあなに向きかっていうと困るが、そうだなあ、豚が食べ残した残飯を拾い集めて自分で食べる業、みたいな業界にはぴったりの顔なんだよね。なんていうかな、そうエロとゲロを丼の中に入れてグチャグチャにしたみたいな顔、っていうか」

「誰がエロとゲロなんだ」

「誰がて、綿部のボケにきまっているだろう。って、うわっ、マネージャー。今日も男前ですねぇ」

「やかましいわ。君はいつもロビーで踊ってるのか。そんなことをしたら駄目だろう」

「すみませんでした。以後、気をつけます」

「すみませんじゃないよ。ところで圧岡さんはどこへいったのかな」

「いま立脚大学演劇研究会の方をご案内して……、あ、戻ってきました」

「あ、綿部マネージャー」

「ああ、圧岡さん、実はね、この夏から売り出そうと思ってる、ホゲラメ・チャーリアンプランなんですけど、若い女性に訴求したいと思っていて、圧岡さんの個人的な意見をぜひ聞きたいと思ってね、それで今週の予定を聞きたいんですけどね」

というう綿部の話を圧岡は途中から聞いていない。なぜならそのナントカプランというのは口実に過ぎず、本来の目的は自分と関係を持つことということを圧岡が見抜いているからである。なので圧岡は、「いやあ、今週はちょっと都合が悪くて」と漠然と断り、「じゃあ来週はどうですか」と食い下がる綿部に、「来週もちょっと……」と言葉を濁して、これにいたってさすがに苛立ち、「じゃあ、いつだったらいいんですか」と激昂する綿部に、「二百年後くらいだったら」と冗談で返してその精神の関節を脱臼させることによってその邪な望みを打ち砕いた。

　横手で、その様子を見て取った新町も、「それにしても鶴丘さん、遅いなあ、どこにいったのだろう」と話題を変えて圧岡を援護した。

「本当ね、私、ちょっと行ってみてこようかしら」

　と圧岡も言った。さて、しかし。

　先程からときどき名前の上がっている鶴丘老人とはいったい何者であろうか。鶴丘老人はその名の通り老人で、九界湖ホテルのベルボーイであった。といっても。

　なにしろ老人なので重い荷物をよろよろ運んでいる姿は悲惨で、というか、鶴丘の場合、いったいどんな人生を送ってきたのか、およそ彼が重い荷物をキビキビ運んでいるなどは仮に若かったとしても想像しづらい雰囲気を漂わせていた。

　なので一応、ベルボーイの制服は着ていたが、ベルボーイというよりは主に雑役・雑用をこなしていた。ところが、それすらうまくできないというか失敗続きで、なにをやらせてもうまくできず、いまも湖畔までお客様を迎えに行くということすらできず、お客様の方が先にやってきたというわけである。

なぜ経営改革を推し進める九界湖ホテルはそんな無能な人物を雇用したのか。もっと増しな人材はなかったのか、というとそれはあった。ところが採用できなかったのは綿部の設定した時間給があまりにも低かったからである。

綿部の認識では人件費を初めとする諸経費は悪であった。退治しても退治しても悪ははびこる。けれども悪を根絶しようとする努力を惜しんではならない。少しでも懈怠あらば悪は忽ちにしてその勢威を増し善（売上）を食い尽くし粗利益を蝕む、と綿部は信じていた。

けれども善を生む有能な人材はそんな安い給料で働こうとは思わない。綿部は相手にも選ぶ権利があることをすっかり忘れていた。

したがって鶴丘老人が無能なのは当たり前のことだった。ところが綿部はそうは思わなかった。少ないにしろ売上から給与を搾取しているのにもかかわらず、与えられた仕事をこなせないなどというのは天、人とも許しがたい鬼畜の所業で、どのように考えても殺して家禽の飼料にするしかないけだもの以下、ミジンコの出来損ないに均しいファシストであった。

だから、鶴丘というその名前が出ただけで不愉快だったし、圧岡が自分の誘いをはぐらかす、その口実になったのにも腹が立って、「まったくなにやってんだよ、あの爺はよー」と地元でヤンキーだったときの口調が出てしまった。

「ぶっ殺されてーのかよ」

そんな風に地金が出た綿部を圧岡と新町が驚いて見る。と、それへさして件の鶴丘が戻ってきた。

「あー、しんどい、あー、しんどい。この坂を登る度に私は心臓がチリチリして口から胸のあたりにかけてミントの香りが漂う。というと、すごいなんか、こう、清涼感みたいな印象があるが、けっしてそんなものではない、もっと焦燥感が混ざったような感じなんだよね、あと灼けるような感じ、生唾がこみ上げて苦しい。ベトナムと御殿場を足して二で割ったみたいな感じですみません、遅くなりまして」

「なにを言ってるんですか」

と綿部はその間、というのは戻ってきた鶴丘が右の述懐をしている間、に普段の口調を取り戻していた。

「鶴丘さん。あなたねぇ、どこへ行ってたんですか」

「お客様をお迎えに行ってました」

「お客様はとっくにいらっしゃってますよ。なにやってたんですか」

詰問されてした鶴丘のその返答が綿部をもっと怒らせた。鶴丘は言った。

「鳩がたくさんいて僕が行くと逃げるんですが……」

「君はなにを言ってるんだ。ふざけてるのか」

「一羽だけぜんぜん逃げない奴がいるんですよ。ちょっとだけ、一メートルくらい、バタバタ、って飛ぶんだけど、それ以上は逃げないで蹲ってしまう」

「怪我しているの」

と問うたのは圧岡。その圧岡の方を向いて、

「どうもそうらしいんです。それで僕は心配になって、この辺には猛禽もおりますし、たくらだ猫が隣歩きしておりますし」

と言って綿部を横の目で見た。綿部は極度に嫌な気持ちになった。

「それで、お客様と出会えなかったとでも言うのか」

「いえ、違います」

「じゃあ、なんなんですか」

「暫く見守って、僕は湖畔に降りてきました。ところが」

「ところがどうしたのだ」

「お客様の名前も、特徴も、また、お乗りの車の車種もわかりませんものですから」

「鶴丘さん、あなたバカですか。それともタコですか。或いはその両者を混ぜ合わせたバコですか」

「いや、タカ、でしょう」

「ふざけるなっ。なんで、お客様の名前や特徴を聞かないで飛び出していったんだよ」

「ええ、でも僕は聞こうとしてたんです。そしたら綿部さんが、なにやってんだ、早く行け、と言ったので僕は慌てて出たんですよ」

「はあああ？　じゃあ私のせい？　私はお客様を待たせてはだめだと言ったんであって、なにも聞かないでただ行けと言ったんじゃありませんよ。あのねぇ、あなたねぇ、死んだらどうですか。なぜ死なないんですか。あなたみたいなバカ、生きてても仕方ないでしょう。無年金で家族もなくて、なんなんですか、鳩が怪我してた？　おちょくってたらあきませんよ」

　となぜか関西弁が綿部の口から出た。そして。死んだらどうですか。という綿部の言葉を聞いて圧岡は胸に痛みを覚えた。きりきりと差し込むような痛みだった。新町はハラハラした。そして慌てて、「マネージャー、なにもそこまで言わなくても」と取りなした。

「なにがそこまでですか。そんなこと言ったらまるで私の方がパワハラをしているみたいに聞こえますよ。ちがうでしょ。仕事中に鳩見たり、お客様をお出迎えしない方がおかしいんでしょ。違いますか。それとも仕事中に鳩を見ることさえ許されないブラック企業とでも言い触らすつもりですか」

「そうじゃないです。でもなにも死ねとまでいわなくても」

「なるほど。見解の相違ですね。私はこんな人は死んだ方が世の中のためだと思いますが、もちろんこんな人にも基本的人権というものがありますからね。仕事中に鳩を見たからといって殺されるということはない。わかりました。じゃあ生きてたらいいでしょう。ただし、そんな人に賃金を支払う余裕は私どもにはないんですよ」

「そはいかなることにかあらむ」

「なに言ってンですか。ふざけてるんですか」

「すみません」

「すみませんじゃないよ。君は首だ」

「首は勘弁してあげてくださいよ、マネージャー」

と、新町がとりなしたとき、圧岡が決然と言った。

「鶴丘さんがやめるんだったら私もやめます」と。そして、それを聞いた新町も、「じゃあ俺もやめようかなあ」と軽い調子で言った。綿部は言った。

「なんなんですか、君たちは」と。そしてその声は悲鳴のようであった。

というのはそりゃあそうだった。なんの戦力にもなっていない鶴丘はともかくとして多くの事情を知った従業員を解雇したいま、新町と圧岡にやめられては困るし、ことに圧岡については邪な思いを遂げたいという気持ちもあるので、やめてほしくなかった。

というか、旧い仲間でもない鶴丘に対するその思いが綿部にはまったく理解できなかった。だから綿部の、「なんなんですか、君たちは」という発言に言葉を補うとすれば、「なんなんですか、君たちのその結束力は」ということになる。

綿部の目にその結束力はきわめて不気味なものに見えたのである。

それは圧岡本人そして新町にとっても不可解な感情であった。なにか放置できない、見捨てておけない感情を二人は鶴丘に対して抱いていた。そしてその感情の根本にあるものはまだ湖面に立ちこめる霧、靄《もや》に紛れてよくわからない。

なので綿部はますます苛苛した。だが、さすがに会計士の資格を持っているだけのことはあって、圧岡と新町が洒落や冗談で言っているのではなく、本気で言っていることをみてとり、解雇に関しては撤回した。といってさっぱり気持ちを切り替えたわけではなく、ネチネチと責めて、鶴丘の精神をギリギリの暗黒に追い詰めてやろう、とは思っていた。そこで、「だいたいがあなたはですねぇ……」と話を切り出そうとした、ちょうどそのとき、圧岡と新町が正面玄関の方に向き直り、笑みを浮かべて辞儀をした。お客様がいらっしゃったのである。

ホテルマンの心構えについて語って叱言を言っていた手前、これを無視できない綿部は仕方なく笑みを浮かべて辞儀をした。それは綿部にすれば精一杯の笑顔であったが、第三者から見ればかなり気味の悪い笑顔であったのかも知れない。

入ってきたのは若い女性のグループで、入ってきただけでロビーが華やかになった。けれども。長年、ホテルマンをしてきた新町はそんな素人みたいな感慨は抱かない。人々は、ことにマスコミは一概に若い女性と言うがなかなか。若い女性といっても様々だ。しゅっとした者もあれば土手カボチャもいる。別嬪もいればへちゃもいる。多様な方がいらっしゃる。なかには華やかどころか、まるで水死体のような雰囲気を漂わせておられる方もおられる。しかし忘れてはならないのは、それらはすべてお客様なのだ。だから私たちは美人であろうが腐乱死体であろうが、いちいち感情を動かさず、お客様としてこれをもてなさなければならない。

そうしたことを新町は心得ているから若い女が入ってきたくらいで脂下がるということはない。その新町が珍しく動揺した。動揺して思わずその場に膝を突きそうになった。新町は親指でこめかみを揉み、言葉を探しようやっと、「ようこそ、私たちのホテルにいらっしゃいました」と言った。新町ですらそんな体たらくなのだから綿部ときたらもう白痴同然で、貴族の舞踏会にうっかり迷い込んでしまったバンドマンのようなことになってヘドモドしていた。

同性なので客観的で厳しい批評眼を持つはずの圧岡も瞬間、我を忘れて見とれた。

さほどに入ってきた三人の女たちは美しかった。二人は長い散らし髪で、いま一人は髪を後ろで束ね結い上げていた。長い散らし髪の二人は、ジンパンに革の長靴を履き、また、スタッズが打ってあるライダース・ジャケットや革帯を着用して、アウトサイダーの風情（よく見ればひとつびとつのアイテムがアウトサイダーに買える価格帯のものではないことがすぐわかった）を漂わせていたのに比し、髪を束ねた一人はワンピースにカーディガンを羽織って優雅かつ清冽な印象であった。

三人とも道を歩けば人が、振り返るどころではない、暫く立ち止まって見えなくなるまで呆然として後ろ影を見送るほどの美人であったが、なかでも髪を束ねたひとりは、その容姿を売り物にしている当代の芸能人でさえ、見れば劣等感を抱き、隣に立ちたくないと思うような美しさで、それはスタイリストやメイキャッパー、照明マンやカメラマンを必要としない天然自然の美であった。

もちろんそうした専門家の手で飾れば、思い焦がれて死ぬ者が続出して、なんらかの法律で規制しなければならないに違いない美であった。

実際の話がこの三人は湖畔でタクシーを降り、暫くの間、湖畔を周遊し、それから坂をあがってきたのだが、その間、湖畔の国道で追突事故、接触事故が多発した。運転中に現実を切り裂くように目立つ三人が視界に入って目が離せなくなり、横を向いたまま運転するドライバーが頻出したからである。

また、険悪な感じになるカップルも続出した。なぜなら、どのように可憐な彼女と一緒にいても殆どすべての男が三人から目を離せなくなり、上の空な態度を取ったからである。「なにを見ているの」「どこを見ているの」詰問され、「いやいや、別に見ていないよ」「嘘、絶対、あっち見てた」「いやいやいやいや」など言い争いになるのはまだよい方で、ひどいのになると、「可愛いと思っていたがよく見ると君は不細工だ。別れよう。人間は諦めてはダメだ。たとえ叶わなくとも常に上を見て、上を目指して僕は生きていきたい」と明言する者もあって、もちろんそんなことを言われて黙っている人はいないからあちこちでつかみ合いの喧嘩ができ、緊急車両のサイレンが間断なく湖畔に鳴り響いて、神さびた風景は玉無しであった。

そんなことだから新町は、この方たちは立脚大学の方ではないな、と考えた。なんとなれば、このように人間の限界を超えてもはや神の領域に達して美しい三人があんなアホ学校の演劇研究会などという地味なうえにも地味で辛気くさいサークルに属し、あんなバカ丸出しの学生と人間的な関係を結ばないのは当然のこととして、階層・クラスが違うので人間的な接触すらないのでないか、と思われたからで、この人たちに立脚大学って知ってますか、と問うたところで、「立脚大学？　聞いたことないなあ。あ、思い出した。確か、タコ糸のブランドじゃなかった？」といった答えしか返ってこないのではないか、と新町は考えたのだった。

ところが豈図らんや、三人、すなわち、散らし髪のうちの背が高く一七〇糎程度ありそうで冷ややかな美しさがある片岡マリナと散らし髪のうちの背がそれよりは低く、嬋娟《せんけん》たる美人顕鶩梨菩美と片岡マリナと同じくらいの背丈だが足元を見るとハイヒールを履いているので実際は梨菩美とマリナの中間くらいと思われる気島淺は、間違いなく立脚大学の学生で演劇研究会に所属していた。

それを知った新町も驚いたが、綿部はもっと驚いた。なんということだと思った。やはりこれくらいの女だったら、なんらかの国家資格、少くとも会計士の資格かなにかを持っている男でないと均衡しないはずで、そんな演劇研究などという愚昧なことをやっている奴らと親しく付き合うなどということはあってはならない。なんでそんなことになっているのか。と、綿部は思ったのだった。

そして圧岡はそうして明らかに驚愕し、動揺し、身も心も奪われてまるで小便を垂れ流すように感情を表出させて隠さない男二人を横目に見ながら、それとはまた別の驚きと感慨を抱いていた。圧岡は三人が立脚大学の学生であることには驚かなかった。造形として神に近く完璧でも中味が空虚で話すと二秒でがっかりするような女がいることを圧岡は知っており、外見と中味はこれを峻別して考えていたからである。

ただ圧岡は女の幸福について考えていた。自分がもしあれほどの容姿に恵まれていたなら、少なくともいまの悩みの七割、いや八割は解決するだろう、と考えていたのである。なんとなれば。そう、人生の伴侶を選ぶにあたっても、就職をするにしても、勉強をするにしても選択肢が百倍以上増える。ならばいまのような袋小路に迷い込むことなくもっと伸び伸びと生きることができた。

この人たちだってそうだ。たとえ中味は空っぽでも、これだけ美しければ、こんな貧乏くさいホテルでバカな学生と過ごすのではなく、もっと有意義な別の選択肢がいくらでもあったはずだし、なにも考えていなければそっちを選ぶはず。なのにこんなところに来て空気を切り裂いて事故やトラブルを誘発している。ということは、中味が空っぽなのではなく、よほど深い叡智、光り輝く文殊の知恵を持っているということか。外見がそれで中味がそうだったらそれこそ神仏。だからそうではなく、実際はそんな計算すらできないくらいの、ほぼ知恵おくれに近いくらいのバカ、ってことになる。それにしてもことに、この髪を束ねた子の美しさはそら恐ろしいくらいで、女の幸せとは、はてさて難解なものであるよなあ、といったようなことを圧岡は考えていたのだった。

さあ、そして実際のところはどうだったのだろうか、と言うと、圧岡の、おそらく度しがたいアホなのだろうという推論は半分くらいは当たっていた。いや、正確に言うと六分の一当たっていた。そしてそれは、綿部の問いに対する答えでもあった。どういうことかというとまず、片岡マリナと顕鶩梨菩美は頭はあまり賢くはないが、そういう意味では現実的な計算をしていた。というのは。そう、ふたりは圧岡が考えるところの実際的な計算をしていた。実際的な計算をした上で、演劇研究会に所属し、その合宿に参加していたのである。

ではそこにどういう計算が働いていたかというと、気島淺と行動を共にした方が現実に得する点が多いという計算が働いて、気島淺が、「演劇研究会に入ろうと思っている」と言明した瞬間、「私も入るー」「私もー」と同調し、演劇研究会に所属したのであるが、じゃあ、その現実的な利得とはなにか、というと、確実に注目され、確実にチヤホヤされるという利得であった。

つまりふたりは気島淺の興味関心の赴くままに自らはなんの興味もないのに演劇研究会に入ったわけであるが、それ以前から三人は行動を共にしていた。

そもそも三人はアルバイト仲間であった。元々、友人であった片岡と顕鶯が動物病院の受付のアルバイトをしていたところへ、後から気島が入った。そこへチベタンテリアを連れて来院した雑誌編集長が三人に目を付け、これを雑誌モデルにスカウトしたのである。

この三人というのがキーワードであった。というのははっきり言って、この雑誌編集長はかなり以前からこの動物病院に来院していた。けれどもその時点では片岡と顕鶯を勧誘しなかった。気島が来るようになって初めて勧誘をした。それは気島がそれだけ目立っていたからだが気島はこれに対して、片岡と顕鶯が一緒なら受けてもいいと返答し、もちろん片岡と顕鶯がちょっとアレな感じであれば編集長も躊躇しただろうが、二人も美人であることには違いがなく、編集長はこの提案を喜んで受け、三人は動物病院をよして専属モデルとなって世俗に驚くべき評価を得た。

暫くすると当初の目覚ましい評判も一段落したが、様々の実際的な利得があり、また虚栄心を満たし、孤独を忘れることのできるこの仕事に片岡と顕鶯は概ね満足していた。

概ねという限りは少しは不満はあったのかというとそれはあった。というのはいろんな局面で、気島淺ばかりが脚光を浴び、自分たちはまるで添え物のように扱われることが屢屢《しばしば》あったからである。

そこで二人は様々に策謀を巡らせた。しかしそれは一度も成功しなかった。それどころか、「なら君たちはこなくていいよ」など言われる局面も多々あった。ここで現実的な判断ができない人なら、意地と面子、或いは、普遍的正義、などという観念に囚われて、ならば自分たちは気島淺と訣別して独自の道をいこう、神とともに歩もう、など思うだろうが、片岡と顕鶯は現実的な判断をした、すなわち、添え物であろうがなんであろうが、気島とユニットを組んでいるからこそ得られる利得というものがあり、それがユニットを組まない場合より大きいうちは、感情面の問題はいったん忘れて、その利得を最大限に得よう。そして、感情面の問題を解決し、かつ、対外的な印象をよくするために、友情みたいな感じを育もう、と考え、これを実行した。

つまり、結論から言うと片岡と顕鷲は実際的な計算ができていた、ということである。ということはどういうことか。そう、この美しい三人が演劇研究会に入っているのはすべて気島のおかしさに起因していたのであった。

気島はどのようにおかしかったのか。外見からはまったくおかしいように見えなかった。むしろその美しさは内面から溢れ出る叡智によって輝くように見えていた。しかし、気島はやはりおかしかった。

なにがおかしかったか。それは才能に対する極度の偏愛であった。その現象が初めて起きたのがいつだったのかはわからない。ことによるとそれが最初だったのかも知れないが、モデルの仕事が安定し始めた頃、気島浅は偶然に見たロックバンド、ポーコランズの演奏に魂を射貫かれたようになった。

その激しいサウンド、歌唱、ことに歌とギターを担当する、辺見チャン一郎の書く曲や歌詞に魂をぶち壊された。気島は辺見チャン一郎の世界に深く傾倒し、ポーコランズの演奏がある際は欠かさず、これに通うようになった。というと、辺見チャン一郎には卓越した才能があり、また、ポーコランズは大変な人気を博すロックバンドのように聞こえる。

ところが実際はそんなことはなく、辺見チャン一郎の作る歌や曲は本人はUniqueだと信じているが、発想の時点で凡庸で陳腐なうえ、それを実現する際に必要になってくる技術も劣ってやり損ないや不足する部分が多く、お世辞にも褒められたシロモノではなかった。それだから人気もまったくなく、場末のライブハウスに出演をして、制度上は出演料も支払われることになっていたが、そのためには一定数以上のチケットを販売せねばならず、それが叶わぬ場合はあべこべに持ち出しになり、辺見チャン一郎はじめメンバーはライブ出演の度に、考え得るすべての方法を用いて友人そして知人に連絡を取り、チケットの購入を持ちかけていた。しかしそれを不自然な形でなく自然な形でするためには普段からの交流・交友が重要で、メンバーはそうした交流のため多くの私的な時間を費やさねばならず費やして疲弊しきっていた。

そんななか気島淺は学内の友人の誘いに応じて何気ない気持ちでポーコランズの出演するイベントに出掛けていったのだった。

イベントが開かれたのは新大塚にある「花亜フィン」というライブハウスで、当然のごとくに同行した、片岡マリナと顕鴛梨菩美はその駅より遠きこと、またその造作の粗末劣悪なることに驚き呆れ、思わず顔を見合わせ、雑言を言おうとしたが、気島浅がまったく気にしていないことを見て取るや、それを言い立てる狭量でネガティヴな人、ということに自分らがなるのを恐れ、これを腹中にとどめた。それどころか、「格好いい」とか「ロックだ」と腹に思わぬことすら言った。

殺風景なコンクリートが剝き出しの客席のステージ前には客がステージに殺到して起きる事故を防止するための鉄柵が設置してあったが、椅子やテーブルといった調度品がまったくない、がらんとした空間のあちこちに十数人が立っているばかりで、そんなものはまったく必要なかった。

またその十数人もリズムに合わせて身体を揺らすということもなくうつろな表情でステージを眺め、ロック音楽に付き物の熱気というものがまったくなく、客席にはひんやりした空気が流れていた。

それとは裏腹にステージ上は熱かった。別料金のスモークマシーンが稼働して青を基調とした照明がより幻想的な雰囲気を醸し出すなか、ヴィジュアル系のメイキャップを施した背の低い若い醜男が自分に酔い痴れ、目を閉じて歌い、これに伴奏を付けるバンドも狂熱して派手なアクションを決めながら演奏していた。音程が、これは超絶技巧なのではないか、逆に。と思うくらい複雑に外れ、チューニングの合っていない楽器による演奏がまるで現代音楽だった。それでも数人はステージ前に立ってこの様子を真剣な面持ちで見上げていた。その数人に向かって若い醜男は、あなたがたはもっと精神を高めていかなければならない、ということを乱暴な口調で語りかけていた。或いは。次に登場したグループは女性がボーカルを務めていた。ワンピース、というよりは貫頭衣といった感じの麻の衣服を纏い、革のロングブーツを履いていた。髪の毛は束ねてグルグル巻きにして頭頂のあたりで留めてある。容貌については……。言わぬが花でしょう。

しかしその立ち姿は生命力に溢れていた。獰猛ですらあった。ところがそれに比べてその後ろに控えて演奏する若い男性たちは、なかには体格がよいものもあったがいずれも存在が希薄で着物も地味で見窄らしいものであった。ただ抱えている楽器はそこそこのもので、その月賦に苦しんでいるのが明白であった。

そんな彼らが奏でる音楽は未熟ではあったが一応の体裁を整え、それがラジオから流れてきたとしてもそれほど違和感なく聞ける程度の水準にあった。女性の歌もそこそこに上手で問題点はどこにも感じられなかった。

しかしその歌は誰の心にも響かなかった。なぜというに彼女は主に、自分はこんな感じで生きていこうと思う、という自分の人生の方針のようなものを詩的に表現し、それを節に乗せて歌っているのだけれども、それを聞いたところで、「それはその通りだ。自分もそう思う。賛成！」と特に思わないし、かといって、「いや、それはどうだろうか。私はそうは思わない」とも思わない、というか端的に言うと、好きにすればいいのではないだろうか、以上のことを思わない。というかそれ以前に、聞く気が起こらない、という事象が起こっていたからで、まったくなにも思わないまま、ただただそこに立っているという無の境地に観客はいたっていた。

なぜそんなことになるかというと、自分は自分でいろいろあって忙しいため、もしそれが有名人であったり、気島浅の如き超美人であるなら話は別だが、そんな麻の貫頭衣着た、不美人の特におもしろくもない人生になんの興味も関心も抱けなかったからである。

ということで客は無の境地にいたっていたが、しかし完全に悟っているわけではなく、不本意ながらそうなっているので、早く自由になりたい、自由になって人間らしい思考を取り戻したい、と希求していたのだが、その無の状態を陶然として聞き惚れていると曲解したボーカルの女性はますます感情を込めて歌い上げ、感情が入るあまりついには嗚咽・号泣し、しかしそれでもやめないで涙、洟、涎を垂れ流して歌い続け、聴衆はさらなる無の境地に追い込まれていったが、再入場不可、すなわちいった

ん外に出たらもう一度、内に入ることができない、というライブハウスの掟に随って
その場にとどまり続けるより他なかった。

そんな苦難の果て、最後から二番目にようやっと登場したポーコランズの演奏がど
うだったかというと、それまでのグループとは一線を画していた。

どのように一線を画していたかというと、それまでのグループは分野こそ様々では
あったが、いずれも当今風のサウンドであることには違いがなかった。しかるにポー
コランズはと言うと偏屈なまでに昔風のサウンドで具体的に言うと、往年のZZトッ
プが如きブギーロックであった。というと非常に歳をとった人がやっているグループ
のように聞こえるがそうではなく、いうとおりメンバーはみな学生でいうまでもなく
若かった。

ではなぜそんなことをやるかというと若さゆえの衒気、若さゆえの老成趣味のなせ
る技で、彼らは敢えて時代に背を向け、当今はやらぬ昔風のロックを演奏して悦に入
っているのであった。

そんなところが気島淺の心を撃ち抜いたのだろうか、わからない。わからないが、
演奏が始まった瞬間、気島淺は我を忘れ、その地底を這うようなブギーのリズムに身

も心も揺らし始めた。

そして気島浅の魂を奪ったのは辺見チャン一郎の歌であった。それはうまい下手で言うとどちらかというと下手で、先ほどの女性ボーカルなどに比べると歌と言えるシロモノではなかった。じゃあ声がよかったのかというと、特に特徴のない平板で、まあはっきり言えばバカみたいな声だった。しかし、その歌詞は例えば先ほどまでのグループなどとは一線を画して特徴的で、その特徴を一言で言うなれば、なんだろう、よくわからないが、とにかく力強いメッセージ性に溢れていた。そのメッセージの数々に共通するものを掻い摘まんで言うと、「自分はがんばって生きていく意志もあるし能力もあるのだけれども、なかなかそれが実現しないのはいろんな外的要因によるものであり、そのひとつがこの気怠いなかにもうねるようなノリがあるブギーの律動である」みたいなことで、辺見チャン一郎は、「よって自分は日陰に咲く花である」と歌っていた。

これに対しては、しかしそのブギーの律動を生起させているのは自分だろう、という異見を言いたくなるが、それに対して、チャン一郎によれば、それは原因であると同時に結果であり、自分のせいではない、と反駁するのだろう。

間違いなく日なたに咲く大輪の花である気島浅だからかえってそうした日陰の花に

魅力を感じたのだろうか。しかし、綜合的に判断して辺見チャン一郎率いるポーコランズは日陰の花ですらなく、日陰の苔、いや、苔だとまだこれを愛でる人もある、日陰の黴、シンクの黒ずみのような存在で、どちらかというと除菌クリーナー・ドメストかなにかで除去したくなるような存在だったし、事実、片岡マリナと顕鶯梨菩美は強くそう思っていた。

ところが些か狂った鑑賞眼の持ち主である気島淺はこれをよいと思ってしまった。これが気島のおかしさの一である。そして気島にはもうひとつおかしな点があった。

それは、そうして著しく愛した才能に対して熱烈な恋心を抱いてしまう点であった。勿論、それは不自然なことではなく、そうした傾向を持つ女性はこの世に多いと思うが、気島の場合、それが大きな問題となった。というのは、多くのケースと違って気島に限っては、その恋愛が直ちに間違いなく百パーセント成就してしまうからであった。

というのはそらそうだ、同性愛者でない限り、気島淺のような女性に明らかに気のある態度をとられてこれをスルーできる男はこの世にいない。という訳で高嶺の花・気島淺とシンクの黒ずみ・辺見チャン一郎はできあってしまい、気島はポーコランズのコンサートに入り浸るようになった。となれば。

ユニットを組んでいる片岡マリナと顕鶯梨菩美もじねんと同行するようになった。片岡マリナと顕鶯梨菩美がアウトサイダー風、ロック風のファッションなのはそれが理由だった。このことはおかしな現象を招いた。

この派手な上にも派手な三名の人気モデルがライブに通い詰めているということが話題になり、ポーコランズの人気が俄かに上昇し始めたのである。いろんなところに評が載るようになり、そのサウンドは、「秒速千里のブギー・サウンド」と評された。意味はよくわからない。また、チャン一郎が書く詞は、ブギー・サウンドと日本文学の融合、と評する人もあったが、こちらも意味がよくわからなかった。

けれども目明き千人盲千人、これに世間は踊って制作した音源をウェブに公開したところバカなViewで、ポーコランズは一躍、人気グループの仲間入りを果たし、様々の音楽イベントなどにも出演しまくって昇天旭日の勢い、さあ、そうなるとそれまで蔭で、気持ち悪い。無理。など言って批判していた片岡マリナ、顕鶯梨菩美も一転してこれを称賛し始めて、片岡などはギターのジミー辺田と爽やかな男女交際を始め、身体こそ与えぬものの二人して絵画展などに出掛けるといった有り様であった。

ということでなにもかもうまくいっていたのだが、ある日、チャン一郎にとって恐ろしいことが起きた。突如として、なんの前触れもなく、気島浅に別れを告げられたのである。

気島浅は言った。

かつてはチャン君の音楽が好きだった。そのときは私の人生に必要な栄養素だった。ありがとう。感謝します。けれど、いまはもう好きじゃない。でも嫌いになったわけじゃない。必要じゃなくなっただけ。要らないのに要る振りをするのって相手に対して失礼よね。だから正直に言います。いまは要りません。でも、要るときが来るかも知れない。来ないかも知れない。多分、来ないでしょうね。私は別のものが必要になった。だから、お別れしましょ。さようなら。いままでありがとう。お元気で。

と。一点の迷いも曇りも感じさせない明快な口調であった。

辺見は悩乱した。マジかよー、と叫び冷水を飲み、冷水を浴びた。マジであった。辺見は二月の阿寒湖に入水した。といって足首まで浸かった時点で、おほほほほほ、と叫んで岸へ戻ったので命に別条はなかった。辺見はその辛辣な体験を元に「二月のあかん子」というタイトルの楽曲を制作、ウェブに公開したが、View がまったく伸びず、数少ない評言のほぼすべてが酷評であった。「ザマアミロ」などというものもあった。

　これを機にポーコランズの人気は一気に下降し、次のライブの有料入場者数は五人を切った。ほどなくしてポーコランズは解散し、辺見チャン一郎は春、人前から姿を消した。そして晩秋になって、ふらっ、舞い戻ってきた彼は真っ黒に日焼けし、人が変わったように陽気な青年になっていた。なんでも宍道湖で蜆や赤貝の仕分けや観光ホテルの厨房といったアルバイト労働をしていたようで、戻ってからはギタリストとしてレゲエバンドに加入して河原や公園の駐車場で愛と平和のメッセージを伝えた。

　辺見チャン一郎はそれでよかったのだが、哀れをとどめたのはジミー辺田で、気島浅が辺見から去るやいなや、片岡マリナに弊履のごとくに捨てられたジミー辺田は先行きを悲観し、飯田橋のビルとビルの隙間で切腹して果てた。

　それは実に悲愴で気の毒な最期であったが、それにしても少しばかりポーコランズに深入りしすぎたようだ。気島浅に話を戻そう。

　気島浅はなぜ突然、辺見の才能を見限ってしまったのか。辺見チャン一郎の才能の限界を見て取ったからか。いやさ、そうではなかった。気島浅は辺見チャン一郎を遥かに凌ぐ才能に出会ってしまったのだ。そして。そう、そのときも気島特有の、あの厄介な気質、すなわち、その才能を愛すると同時にひとりの男性としても愛してしまう、という気質を遺憾なく発揮してしまったのだった。

果扨《はてさて》、それはいったいどんな才能のあるミュージシャンだったのだろうか。もしかしてチック・コリア？　いや、そうではなかった。というか、ミュージシャンですらなかった。

じゃあ誰だったのか。

というとそれは誰あろう、演劇研究会のメンバーにして若手のホープ、岡崎奔一郎だった。ある日のこと、偶然に舞台上に立つ岡崎奔一郎の姿を見かけた気島淺は全身に電流が走るというのだろうか、霊感に打たれる、というのだろうか、なにかこう、ミミズクのような鳥類が弥勒と語らいながら血管の中を高速移動しているような、そんな感じを感じてその素晴らしき才能にすっかり魅了されてしまったのだ。

そして、そう、その場で演劇研究会に入会し、当然の如く、片岡マリナと顕鶯梨菩美もこれに追随したのである。

ということで圧岡の推量が、綿部が抱いた疑問についての答えとして六分の一ほどは正しかったというのはそういうことで、つまり、こんな演劇研究会といった地味なサークルにど派手な美人三人組がいるのは、圧岡が考えたようにアホで損得勘定ができないから、という訳ではないが、才能の評価についての基準が常人と大きくずれている、つまり狂っているのと、それにくわえて評価した才能に対する愛が男女の愛に直結してしまうという気島淺特有の性情によってで、これを一言で言うと、アホではないがちょっと変、というかかなり変、ということで、もちろん圧岡は誰と特定したわけではないが、三名またはそのうちの誰かの特異なパーソナリティーによるという推量は六分の一くらいは正しかったのである。

説明が長くなった。でも、とにかく三名の美女が演劇研究会に所属したのにはそういう事情があったのだ。しかし。ここでもうひとつだけ明らかにしておかなければならないことがある。というのは、演劇研究ということは、演劇を研究するということで、ところが気島淺は自ら舞台に立つ岡崎の姿を見たという。これはどういうことなのか。研究発表でもしていたのか。しかし気島淺は誘われて見にいった。だいたいにおいて研究発表などというものは、そうやって見物衆に見せるものではないし、また、その内容についての知識・知見を持たぬ者が見ておもしろいものではなく、ましてや魂を揺さぶられるほどの感銘を受けるようなものでもないはずだが、そのあたりはどうなっているのだろうか。そこを述べなければならないのだけれども、そうもいかないのは、いまここにひとつの騒動が持ち上がったからである。というのは。

ロビーで殴り合いの喧嘩騒動が起きてしまったのだ。そのとき、もはや三人の美女もチェックインしてロビーには誰もおらなかった。その無人のロビーへさして、ふたりの男が左奥から言い争いながら出てきた。ふたりとも演劇研究会の学生で一人は森野、もう一人を設毛といった。

最初二人は歩きながら互いの容貌や先祖に対する悪口を言い合っていたが、ついに逆上した森野が、じゃかあっしゃ、と絶叫すると設毛の顎に右アッパーカットを食らわした。設毛はもんどり打って倒れ、ゴン、という音がロビーに響いた。後頭部を強か打ち付けたのである。ところがどれほどのスタミナの持ち主なのだろうか、あれほどのパンチを食らったのにもかかわらず、即座に立ち上がると、「なにさらすんじゃあああっ」と絶叫しつつ助走なしのドロップキックを食らわした。不意を衝かれた森野は他愛なく転倒、設毛はこれにマシンガンキックを食らわせたうえ、エルボーバットを見舞い、終いには馬乗りになって、「ええ加減にせえ、ええ加減にせえ」と言いながら頬桁に雨霰とパンチを浴びせた。

新町が右手奥からロビーに入ってきたのはちょうどそのときで、新町はこれを見て慌てふためいた。

　なんということだ。ロビーで闘諍《とうじょう》を繰り広げる。あってはならないことだ。さっそくやめさせなければならない。

　そんな思考の壺焼きが新町の脳内で起こったとき、新町はもう既に駆けだしていた。

「お客様、おやめください。ロビーで暴れんとってください」

　そう言いながら新町が駆け寄ったとき、二人はもう既に立ち上がっていた。立ち上がって二人は、「すみませんでした」と声を揃えて言い、森野がこれに、「つい、熱くなっちゃって」と付け加えた。

　新町は舌を巻いた。だってそうだろう、つい前の瞬間まで、つかみあいの喧嘩をしていた二人が急激に冷静になり並んで立ちお辞儀をしているのだ。だれだって驚く。どんなときにも冷静なホテルマンだってこれには驚き、そのためだろうか、

「びっくりしますやん」

　といまは亡きスカ爺が憑依したかの如き関西弁も出て、新町はそれにも驚いていた。

「どんだけ、切り替え早いねん」

　そして気がつくとそんな言葉も重ねていた。

　そんな新町の内心の動揺にまったく気がつかない森野と設毛は、

「すんませんでした」「すんませんでした」

と頭を下げ、「おい、続きは湖畔にいってやろう」「合点承知の助」と言い合って出ていこうとする。新町は慌てて、

「湖畔でも喧嘩したらあきませんやん」と言い、それから、「湖畔であろうと暴力はいけません、お客様」と言い直した。

その新町の慌てた様子に二人は千振を飲んだような顔をして、その顔を見合わせ、それから苦笑いを浮かべた。しかしその苦笑いは千振が苦いからではなく、新町が見当外れなことを言っているからだった。

森野が言った。

「違います。僕たちは喧嘩していたんじゃありません」

「じゃあ、なにをしてたんですか。どう見ても喧嘩じゃないですか」

「違います。僕たちはどつき漫才をしていたんです」

「はああああああ？」

という新町の問いが湖畔の空に響いた。そんな訳あるかいっ、という声も響いた。

太古、ここは巨大な火山だった。途轍もない噴火が起き、山が爆発して、その後、空

いた穴が湖となったのだ。その太古へ向けて、或いは太古からそんな響きがもたらされたのか。

それはわからないが、どつき漫才、という響きが昭和から響いていたことは間違いがなかった。だから新町はそれを突飛に感じたのだった。

そしてそれは、すなわち演劇研究とはどういうことなのか。研究なのに舞台に立つ姿に魅せられた、とはどういうことか、という疑問に対する答えでもあった。

そう、研究といっても彼ら演劇研究会は、文献を調べ、或いは実地に舞台を見て、演劇を窮めるのではなく、自らが舞台に立ち、演じることによって演劇研究をなそうと企図していたのである。

というのはでも最初からそうだった訳ではなく、演劇というものにはどうもそういうところがあるようで、これを愛好するうちに、名台詞などを日常でつい口にしてしまい、そのうちそれが慣用句のようになってしまう。例えば、人が遅れてきて間に合わなかったとき、「遅かりし由良之助」なんていうのがそうで、これは有名な「忠臣蔵」の四段目の塩谷判官の台詞であり、多くの日本人が、この芝居を愛好するうちいつの間にか「遅かりし由良之助」という慣用句ができあがっていったのである。

もっとも最近の中高生などはあまり、「遅かりし由良之助」とは言わぬ傾向にあるらしいと聞くが。

と、まあそれはよいとして、そういう訳で演劇にはそういう魔力があって、その魔力が、ただひたすらに演劇を鑑賞し、これを究めんとする真面目な学生をも蝕み、いつしか彼らは自らこれを演じるようになっていったのだ。

しかしなお疑問は残る。というは、なぜそれが漫才なのか、という点で、それはもはや演劇ではなく演芸である。その疑問には森野と設毛が代わる代わるハキハキと答えてくれた。それを要約すると以下の如くになる。

仰る通り、初めの頃、すなわち昭和三十年頃までは(演劇研究会並びに立脚大学は意外にも古い歴史を持っていた)、歌舞伎芝居を上演していた。しかし所詮は素人で衣装や道具も粗末なもので勢いパロディーに傾かざるを得ず、次第に笑いを重視するようになっていった。そのうち歌舞伎とは関係がない単なるコントなども演じられるようになり、しかしそちらの方が圧倒的におもしろかったので、それが主流となり、五十年近く前のことであるのにもかかわらず、いまだ部員の語り草となっている天才・横山ルンバの出現によってその流れが決定的なものになったのだという。

森野と設毛がそれを語るにいたって、なぜ彼らが演劇研究会を名乗りながら漫才を演じるのか、また、なぜ、気島淺が岡崎奔一郎の「舞台」に魅了されたのか、という疑問が氷解した。けれども。

「それにしたっていまどきどつき漫才はないでしょう。だってそんなものそれこそ昭和の御代に一時的に流行していまや廃った漫才のスタイルで、年輩者の私だってよく知らない。そんな黴の生えたようなシロモノを大学生が演じるなんて、どうかしている」

と新町は言いたかったし、もっと言えば、しかもさっきのあれはどつき漫才というよりはただのどつき合いだった。学力が低いとはいえ、そんなことすらわからないのか、とも思った。でも言わなかった。なぜならそんな立ち入ったことを言うのはホテルマンらしくないからだ。新町は思いと気持ちをまるで深海に棲むイカのように心の奥底にとどめた。イカは水圧に耐えきれずイカ焼になっていく。

そんな思いが形となって表れたのだろうか。新町は両の手を前に突きだして、窄めた口で、「ヤキヤキヤキ」と唱えながら摺り足で進んだ。

「なにをしているのですか」

驚き呆れて設毛がいい、「いや、つい」と新町が弁解しているところへ、何人かの若い男が入ってきた。新町は慌ててホテルマンの顔に戻った。

どうやら俺は自分の興味・関心に引きずられてたいへんな醜態をさらすところだった。ご用心ご用心。もうさらしてるっちゅうねん。

と心の内に思う新町は十分演劇研究会のメンバーになる資格があった。そこへまた誰かが入ってきた。もちろん新町は言う。それが誰であろうと言う。

「ようこそ、湖畔のホテルへ」と。

入ってきたのは二人の若い男だった。しかし、なんと対照的な二人だっただろうか。一人はしゅっと背が高く、身体に合ったモノトーンの服を着た爽やかな美男子、そしていま一人は、背ぃが低く、なんだかダブダブした色柄の服を着て脂じみたような醜男であった。

あまりにも好対照な二人は見る人に、同じ年格好ながら、これまでも、そしてこれからも随分、違った感じの人生を送るのだろうなあ。人間はやはり見た目が大きいなあ、と思わせずにはいなかった。

これは立脚大学演劇研究会のまだ到着せぬ二人、岡崎奔一郎と大野ホセアだな、と判断した新町が、「岡崎様、大野様、お待ちしておりました」という前に、森野と設毛が駆け寄って、二人はチェックインをして部屋に入ったが、その間、短い立ち話で新町はさらに新たな情報を得た。というのは。

此度、立脚大学演劇研究会の部員が湖畔にやってきたのは、単なる強化合宿とかそういうものではなく、きわめて重要な、歴史と伝統ある演劇研究会の今後に重大な影響を及ぼすに違いない研究発表会を開くためであった。

といって右に言うように、それは通常の研究発表とは異なり、演芸会のような、というか演芸会そのもので、それを聞いた新町は慌てて、「ホテルでそんな会を開かれたら困ります」と言明した。けれども大丈夫だった。森野は、「近くに会場を借りてます」と言った。その会場とは。ホテルから車で十五分ほどのところにある、公孫神社という名前の、地元で手広く事業を展開していらっしゃる方の息子さんが道楽でやっていらっしゃるライブカフェで、実は奔一郎はそのオーナーである息子さんの息子さん、すなわち（株）オカザキの会長のお孫さんなのであった。

「っていうことは。岡崎会長の、お孫さん、そうですか。いや、私どももお世話になっております。会長によろしくお伝えください」

と、それを聞いて新町は改めて丁重に挨拶をした。もちろんそれは職業人として当たり前のことだが、内心の見る目が変わったことは新町自身が否定できないことだった。

岡崎はそれに対して、「あー、はい」などと適当に答えていた。そしてその隣で大野は不愉快そうな顔をしていた。まるで、「ちぇっ。同じ金を払っても金持ちの息子は丁重に扱われ、こっちは淬扱いかよ」と言っているみたいな。

と、まあそれはよいとしてなぜその発表会が重要なのか、というと表の目的と裏の目的があって、表の目的は、その発表会が次期会長を決める選挙の役割を果たす演芸会であるからであった。どういうことかというと、別にどうということはない、発表会後の、舞台に立たずただ演芸を鑑賞した会員（研究会にはそうした者も一定数いた）による投票でもっとも評判がよかった者が次期会長になるのだ。

といってより重要なのは裏の目的で、例年の発表会には存在しないその裏の目的によって、今年の発表会は異様な熱気を帯びているのだった。

その裏の目的とはなにか、というとそれは端的に言って、誰が気島淺の愛を得るかを決める、という目的だった。それを知った新町は、「えっ、岡崎さんと付き合っているんじゃないのですか」と言って口を尖らせた。しかしそれは愚かな質問だった。

新町は忘れたのだろうか、気島淺の特異な、その才能を愛するのと、まるでセットのように男性としても愛してしまうというその性格を。

もしその特異性によって岡崎を愛しているなら、その愛の対象は容易に入れ替わることになる。そう、あれほど愛した辺見チャン一郎を一瞬で見限って岡崎奔一郎に乗り換えたように。そのとき気島淺は辺見チャン一郎に対してきわめて冷酷だった。いま、辺見チャン一郎はどこでなにをしているのだろうか。寒い河原で誰にも伝わらない愛と平和のメッセージを鴨を見つめながら呟いているのではないだろうか。臭い頭で。ビーサン履いて。そして、あの哀れなジミー辺田の魂はいまどんなリンボを彷徨っているのだろうか。

狭い学内のこと、そして存在しているだけで男女を問わず欲望を刺激しかき立てる気島淺のことで、その経緯を知っている演劇研究会のメンバーはみな、内心で、揉め事はごめんだ。平和な演劇研究会であってくれ、と希っていた。

しかし、まあその心配もないかな、杞憂かな、と高をくっていたのは事実で、なぜなら岡崎奔一郎の芸と芸に対する見識は群を抜いており、それを凌駕して気島の愛をゲットする者はまずないと思われたからである。

あの大野ホセアが現れるまでは。

そう大野ホセアは一言で言って天才であった。突如として入会してきた大野ホセアが初めてその純金漫談を披露したとき、一同は呆気にとられた。大野ホセアがなにをやっているかまったくわからなかったからである。また、これを批判するものもなかった。なにをどうやって批判したらよいかその道筋すらつかなかったからである。つまり大野ホセアの純金漫談は当初、完全に黙殺されていた。多くの者が、「こいつ、苦しい道、いくねんなー」と内心で思いながら黙っていた。そのなかには、自分は普通で、普通の人間でよかった、と安堵する者もいた。

流れが変わったのはこれをたまたま見た気島淺が称賛して以降である。このとき気島淺は誰もが見なかったことにして論評しない舞台を見た直後こそ、なにも発言しなかったが、その後、家に帰って後、自身のTwitter等で、「おもしろいかも」「可能性を感じる」など発言、その他、大野ホセアと並んで撮影した写真なども掲載した。

これより流れが変わり、大野ホセアを評価するものが増え始めた。そのとき撮影された動画を元に大野ホセアの舞台の詳細な分析を行う部員が現れた。その部員は自身のブログで、驚くより他ない、と述べた。

その五分の演目を詳細に分析した結果、大野ホセアの表現は、そのとき多くの者が感じた素人のムチャクチャなどではけっしてなく、あの伝説の芸人、不遇の天才、ついに陽の目を見ぬまま鳥取砂丘に消えた横山ルンバの繊細な表現をすべて理解して自分のものにしたうえで、それを大胆に再構成したものということがわかったのである。

しかしその分析は直感に頼る部分も多く、思い過ごしだ、穿ちすぎだ、という異論も多く提出され、大野は真に才能も実力もある。いわば天才だ、という意見と、ただのはったり野郎である、と意見は割れて議論は紛糾した。

そして否定派の多くが、それまで間違いなく実力ナンバーワン、次期会長は間違いないとされていた岡崎奔一郎の信奉者・取り巻きであり、肯定派はその岡崎と距離を取り、実家が金持で美男であり、それよりなにより気島淺の愛を得ていることにどうしようもない嫉妬と反感を抱いているものが殆どであった。

否定派は論文の不正確な部分や矛盾点をあげつらい、横山ルンバの芸と大野ホセアの純金漫談はまったく無関係と主張し、肯定派は大野ホセアは横山ルンバの間違いない後継者であり、演劇研究会の中心となるべき存在とし、その根拠として気島淺の評価を挙げた。確かに専門的な知識は欠くが、稀代の見巧者である気島淺が一定の評価を下したということはやはり大野ホセアの芸が本物である、と主張して双方一歩も引かなかった。

そして議論がよりいっそう混迷したのは、大野ホセアのその後の態度のためで、大野ホセアはまず、「いまだから明かすが、あのときのライブの前夜、自分はレイブパーティーに出席して徹夜をして一睡もせぬまま本番に臨んだ。しかもその際、ほぼすべての指の生爪が剝がれてしまい、激痛に耐えながらの公演だったので、本番はきわめて不出来で、自分としては不本意な舞台であった」と述懐した。

否定派はこれに着目して気島淺の見識眼が疑わしいと主張した。そのような、当人が不本意・不出来と言うものを称揚する点からも、その評価は信頼のおけるものではない、と訴え、その評価に依拠する肯定派の主張もまた疑わしいと訴えたのだ。

これに対して肯定派はまたちがった主張をした。

そこにこそ気島淺のずば抜けた識見が見て取れる、と言ったのである。どういうことかというと、夙に知られるとおり気島淺はその才能を認めたものに激しく恋着する性癖がある。しかるに、気島淺はこれに一定の評価は下したものの恋着した様子はない。これはとりもなおさず、気島淺が卓越した見識眼を持つということの証左で、もし、大野ホセアが万全の態勢でことに臨めば気島淺はその場で岡崎を捨て大野に走ったであろう、と言ったのである。

この見方に否定派は複雑な反応を示した。もちろん直ちに、それは誤った見方である、と言うには言ったが、岡崎の芸や人柄の信奉者である彼らは同時に気島淺の魅力に取り憑かれた亡者でもあった。そんな彼らにとって、気島淺の心が一時と雖も岡崎から離れるということは喜ばしいことでもあった。なぜなら気島淺が自分のものになるかも知れぬ、という可能性が生まれるからで、もちろんそれは万にひとつもないことではあったが、岡崎から離れた気島淺が彼らのうちの誰かを想うようになるということがまったくないとは言い切れず、突然、マジックや足芸の稽古を始める者もボツボツあった。

そしてまた人数は少なかったが、女性の取り巻きも同様の矛盾する気持ちを抱いた。すなわち岡崎こそが至芸の持ち主であり大野は贋物である、という信念と、しかし気持ちとしてはその逆であってほしい、という矛盾した思いを抱いていた。

一方、肯定派はどうだったかというと、こちらの方は揺るぎがなかった。気島淺が大野ホセアに心を移して岡崎奔一郎が袖にされるのがただただ気色よかった。

また彼らは気島淺が自分のものになるなんてことは夢想もしなかった。気島淺に熱を上げているものもいるにはいたが、それは崇拝、もっというと信仰のようなものでもしこれと情交に及ぶなどは考えるだけでおそろしく彼らはそんなことはけっして考えてはならない、と考えていた。そしてその抑圧によって凝り固まった宗教狂人のようになっていたのかも知れない。

そのようにして大野ホセアがたった一度、披露した芸は否定派肯定派の心の内にまで複雑な影響をもたらし、人々はこのことに固執して、見るもの聞くもの、すべてこの問題に関連づけて考えるようになってしまい、それまでなごやかだった研究会はすっかりギスギスしてしまった。いやなことだった。だから人々は早くこの問題に決着がついてほしいと考えていた。

決着というのは大野ホセアの芸の真贋の見分けがつくこと。気島淺が心を決めることであったが、それは大野ホセアが万全の状態で舞台に立てばすぐにわかることで、月次の研究発表会の舞台に大野ホセアが立つことをみなが待ち望んだ。

しかし、なぜか大野ホセアはなかなか舞台に立とうとはしなかった。なぜだ。まだ生爪が痛むのか。いやそうではなかった。生爪はとっくに治っていた。そこで否定派は言った。

生爪ではなく化けの皮が剝がれるのを恐れているのだろう、と。

そう。たまたま穿ちすぎた意見が出たのとたまたま芸を知らない素人の気島淺の評価を勿怪の幸いにのし上がったが、もう一度、舞台に立って厳しい評価の目に曝されれば忽ちにしてボロを出すに決まっている。それがわかっているから二度と舞台に立たないで、このまま、やれマボロシのナントカ、伝説のカントカ、といった商売に移行しようとしているのだろう、やれやれ、世知辛いことだ。と噂したのである。

これに対して肯定派が反論できる材料はなく、「なにを仰いますやら。そんなことをいううちにも大野はやる。そのときになって吠え面をかくなよ」と自分たちで言い合うより他なかった。この間、気島淺はこの件について発言せず、スイーツやコスメに関する発言を繰り返していた。

じゃあご本尊の大野がどんな態度を取っていたかというと、肯定派の、早く研究発表を行ってほしい、という願いを知ってか知らずか、おそらくは知っていただろう、しかし悠揚迫らぬ態度を崩さず、いっかな発表を行おうとしない、そこで我慢できなくなった肯定派が七人、まるで蹶起を迫る青年将校のような感じで自宅、すなわち大学に近いワンルームマンションに押し寄せると、在宅していた大野はソファに楽々とくつろいで、安納芋を食べながら、昭和の名人と言われた漫才コンビのDVDを視聴していた。(建物エントランスのインターホンで呼び出してはいたものの)鍵がかかっていなかったのをよいことに案内も乞わずに室内に入ってきた、その七人を大野はジロリと一瞥した。

その冷然たる眼差しに七人は一瞬立ち尽くしたが、すぐさま気を取り直して言い募った。「あれほど贋物だの、なんだのと馬鹿にしられて、なんで月次の研究発表会に

出てこないのか。このまま生涯、出ないつもりなのか」と。これに対して大野ホセア、

「なんだなんだなんだ、こいつら。夜遅くになって長いもの鞘払って、人の家へ飛び込んで来やがって。都鳥吉兵衛、梅吉、常吉、伊賀蔵、万作、重太郎、音松、この七人は毎朝、毎日、毎晩、顔見交わして、おはよう、こんちは、今晩は、と言ってる仲だ。馴染みだから許してやらあ。なんでぇこの三人は？　面ァ知らねぇ、渡世人だろう、旅人だろう。なんで黙ってやがんでぇ」

と啖呵ァ、切った。

七人は舌を巻いた。普通の人ならいざ知らず、歴史と伝統ある立脚大学演劇研究会の人間にはそれが二代目広沢虎造の十八番「清水次郎長伝・お民の度胸」の一節であることが、すぐにわかったからである。しかし、それくらいのことだったら新入部員にだってできる、一同が驚いたのはその巧みさで、その口調といい、間合いといい、貫禄といい、気迫といい、余裕といい、すべてが虎造節そのもの、恰も虎造その人が蘇ってそこにいるかのようだった。

そのあまりの凄さに一同は息をのんで立ち尽くし、二の句が継げられないでいたが、しかし一同は呆れると同時に心のなかに温かいものが充ちてくるのを感じていた。

そのとき七人はほぼ同じことを考えていた。例えば中の一人、稲妻ゴン味は以下の

ようなことを思っていた。

これほどまで広沢虎造節を研究し尽くしている大野は、もちろんすぐには無理だろうが、集中的に修業をすれば半年もせぬうちに木馬亭に出演できるだろう。ということは、そう。やはり大野ホセアは本物だということ。大野ホセアが万全の状態で芸をすれば、岡崎奔一郎など近くにも寄れないということなんだ。私たちは間違っていなかったんだ。それがいまわかったんだ。あの、虎造節によって！

ジャチュ・コンタローも亮内銭男も思っていた。そして、だからこそ、いっかな舞台に立とうとしない大野の気持ちがわからなかったのだ。だからいくら温かいものが心に充ちているからといってそれで満足する訳にはいかなかった。没分暁漢にわからせてやる必要があった。そして演劇研究会を率いて貰う必要があった。それがみんなの気持ちと意志だった。それを言葉で確認する必要はなかった。

七人は目を見交わし、うん。うん。うん。うん。と頷きあい、そしてついに亮内が口を開いた。

「大野。それだけの芸を持ちながら月次に出ぬという法はねぇぜ。来月こそは是っ非、で給え。いやさ、出ろ」

言われた大野は手に持っていた安納芋をそっとテーブルに置いて言った。

「君たち。君たちはこの漫才をみておもしろいと思うか」

「そりゃあ、おもしろいよ。名コンビだもの」

と七人のうちの誰かが答えた。圧倒的な大野の前で七人は黒い煤けた球体のようになっていた。

「なるほどな。僕は思わない。こんなものはクソだよ」

「そりゃあ、いま見れば古いと思われる部分もあるだろう。けれども漫才という芸能に必要な呼吸は不変だ。その凄さを僕らは堪能するのではあるまいか」

「なるほどな。僕は思わない。この同時代に横山ルンバはいた。凄いことをやっていた。こんなものは目じゃなかった。けれどもそれは誰も評価せず、こんなくだらないものがいまだに価値あるものとして崇められている。はっきり言ってこんな呼吸と間合いなんて馬鹿でもできる」

「馬鹿は言いすぎだろう」

「どうだろう。僕はかなりの馬鹿なんだが。ちょっとやってみようか」

そう言うと大野ホセアは硝子テーブルの上のリモコンを手に取ってDVDを停め、立ち上がって、いまその昭和の名人が演じていた漫才を一人で演じ始めた。

その七分の演目を大野が終えたとき一同は暫くの間、声を発することができなかった。大野は、その名コンビの呼吸と間合いを完全に自分のものとしていた。ようやっと一人が呟いた。

「すごい。すごいとしかいいようがない。いったいどれくらい……、どれくらい稽古をしたのだろう。おそらく血の滲むような修練を積んだのだろう。いみじきことだ」

これを聞いた大野は怒りと苦しみが混ざったような笑いを浮かべて言った。

「稽古だって。するものか。こんなことは誰だってできる。言わばコツと経験のボタ山さ」

「それはおまえだからいえることなんだわ。普通は無理なんだわ」

「その普通って言葉が横山ルンバを滅ぼしたのだろう。君らも知ってるだろう。そのおまえらの崇め奉る大師匠連中が、いやさ、もっとレベルの低い連中が横山ルンバをなにひとつ理解しないまま、彼に十字架を背負わせて殺したことを」

そう言われて七人はなにも言い返せなかった。

そう。演劇研究会でそのずば抜けた技量が語り草となっている横山ルンバは芸界からまったく相手にされず失意のうちに姿を消した。そして演劇研究会のみなは口に出しては語らぬものの、さほどにプロアマの間には歴然とした技量の差がある、素人の横綱は玄人の幕下にボコボコにされる、と考えていた。

大野ホセアは続けて言った。

「だから、こんなものを崇めるということは横山ルンバ先輩を貶めるということに等しいんだよ。自信を持て。元気を出せ。ルンバ先輩はこんなものは予め乗り越えていた。それを目指している俺らはもう次の次元にいるんだよ」

大野がそう言ったとき全員が光明に包まれたような気持ちになっていた。以前からそう思いたいのは山々だった。自分たちが世の中に受け入れられず、最高峰と言われた横山ルンバでさえ、プロの世界では通用しなかった事実、それは取りも直さず、自分たちが未熟である、幼稚であることの証左に他ならない、そう思うのは辛いことだった。

だから、自分たちが世の中に通用しないのは自分たちが幼稚なのではなく、世の中の多くが馬鹿だから、と思いたかった。でも思う度に、その思いは現実に打ち砕かれていた。

ところがいま大野ホセアが現れて、その世の中が崇めているものが価値のないもの、コツと経験のボタ山でしかないことを証明してくれた。動画を撮ってなかったことが悔やまれた。でも、自分たちは確かに見た。そのことが七人を勇気づけたのだった。

その勇気に任せてひとりが言った。

「ならば。おまえこそ元気を出せよ。生爪がどうとか言ってンじゃねぇよ。出ろよ。出てこいよ。次の月次に出ていま言ったことを全員の前で言えよ。言ってみろよ」

言われた大野ホセアは目を閉じた。目を閉じて静かに爪を撫でていた。誰もなにも言わなかった。コッコッコッコッコッコッコッコッ。そんな音がどこからも聞こえてこなかった。そして暫くして大野は、くわっ、と目を見開き、そして言った。

「俺は月次には出ない」

一同の間に失望と落胆の気配が広がった。その一同に大野は、

「俺は再来月の次期会長を選ぶ、研究発表会に出る。俺は次期会長に選ばれると同時に」

と、言っていったん言葉を切り、そして言った。

「気島淺の愛を得る」

おおおおおっ。一同が感嘆してどよめくなか、大野はガラステーブルの上にピタと座り、一同を見据えると荘厳な響きを帯びた声で、「お後と交替」と言ってガラスの天板に額をこすりつけるようにして辞儀をした。

一同は感動して声もない。

人にとって重要なことも自分にとってはどうでもよい問題である。けれども他人事が気になるのは、その全貌がわからぬからで、全貌がわからないうちはどうしてもそれが知りたくなる。欠けたピースを埋めたくなる。けれどもそれが埋まってしまった途端、それらはどうでもよい他人事となる。わからぬ部分が人の興味をかき立て、好奇心を刺激し、欲望をそそるのだ。

演劇研究会にしても然りであった。いったいなにをしている人たちなのか。なぜあんな超美人がこんなくだらない奴らとつきあっているのか。それがわからぬうちは新町らもホテルマンにあらざる興味・関心を抱いてしまったが、それがわかってしまったいま、その興味もあらかたは減じてしまって、なんだそんなことだったのか、という水準にまで下落した。

といって完全に興味が消失してしまったわけではない。なんとなれば、そう、果たして大野ホセア、岡崎奔一郎のいずれが次期会長に選出され、気島淺の愛を得るか、という興味が残存しているからである。しかし、九界湖ホテルが彼らの職場である以上、研究発表会場である公孫神社に出掛けた彼らに同行してその成り行きを注視することは当然これはできない。業務があるのだ。仕事があるのだ。老人客が聞き取りにくい声でわかりにくいことを言ってくる。お湯が出ない、とか、ドライヤーが足りない、とか、そんなことだったらまだいいが、シメサバを買ってきてくれないか、とか、陶芸と哲学を同時に学べるようなレストランが近場にないのか、などという無茶を言う人もあり、その間にも食材が足りなくなったり、業者が打ち合わせに来たり、と稼働率の割に忙しくてならず、とてもそんなことはしていられない。

大体がこの人数で回すというのがそもそも無理なのだが、数字ですべてを判断する綿部はそれに気がつかない。いやさ、気がついているのか。けれども彼は数字さえ整えば余のことはどうでもいいと思っている。それによって質が低下、結果的にお客様がいらっしゃらなくなるまでにはタイムラグがある。そうなったときはもう自分はこんなところにはいない、認められ、もっとよい地位を得て転出しているはず、と考えているのだろう。でもそううまくいくのだろうか。少なくとも神様はそんなことを許さず、大きな枠組みで考えればいずれ神仏の罰が当たるに違いがなく、そこまで行かなくてもいずれ高転びに転ぶだろう。

といったことを新町が考えたかどうかはわからないが、おそらくは考えなかっただろう。なぜなら忙しかったから。そんなことを考える間もないほど忙しかったから。

だからそのときも新町は帳場にいて書類の確認をしていたし、圧岡は客室に花を届けて戻ってきたところだった。

　ちょうどそこへその三人組が入ってきた。そして三人が入ってきた瞬間、新町はその三人がホテルの客でないことを見てとった。というのはまず三人が三人とも手ぶらであった。手ぶらで湖畔観光にやってくるものはなく、すべての者が例外なく荷物を持っている。スーツケース、ボストンバッグなんてのは多いし、フクロモノをぶら下げて澄ましている者があるかと思えば、トートバッグを肩に掛けてうろついている御連中もある。なかには紙袋やレジ袋、或いはもっとひどい、動物の死骸みたような、なんだかわからないシロモノをぶら提げる人もいたが、それにしたってなんらかの荷物を持っている。ところが三人はなにも持たない手ぶらを振っていた。

　しかしとはいうものの。手ぶらのお客がまったくないかというとそんなことはなくって、例えば湖畔に豪華な別荘をお持ちの裕福なお客様が、ぶらっ、と喫茶や喫飯をされにいらっしゃる、そんな方はときに手ぶらで、ポーチすらお持ちでないことがある。世の中には荷物を持つのがなによりも嫌いな方がいらっしゃるのだ。実は新町がそうで新町はそのために職質をされたことがある。それが理由ではないのかも知れないが。

けれども三名は、どこからどう見ても裕福な別荘の住人ではなかった。三名の身体からはあからさまな暴力の気配が漂っていた。

ひとりは臙色の背広を着用していた。襯衣《シャツ》は味噌汁色。ネクタイは豚色だった。靴は黒革のウイングチップ。ひとりはスエットのセットアップにボーラーハットを被り、足元はウエスタンブーツで固めていた。ひとりは黒のスキニーパンツに白いシャツ、卵色のカーディガンを羽織って、コンバースを履き、シルバーのアクセサリーをじゃらつかせていた。

というとあまり暴力的に聞こえず、どちらかというと滑稽な感じに聞こえるが、顔とか態度物腰に、そんな自分たちの服装を見て笑うなどしたら、それを理由にどこまでも執拗に絡み、威嚇し、場合によっては法的な手段にも訴えるし、場合によっては暴力にも訴える、という主張が現れていて、そこにいるだけで市民に恐怖と不快感を与えていた。

だから新町は緊張した。そのとき突然に頭の中に、歎異抄、という言葉が浮かんだ、と新町は後日、述懐した。その新町に毛虫柄のセットアップが近寄ってきて、

「ここに床野という男が宿泊していると聞いてやってきたのですが」

と言った。

新町は意外の感に打たれた。なぜなら男がまるで市民のように話したからである。実は新町はもし男が乱暴な口をきいたなら、こちらもホテルマンらしからぬ乱暴な口をきいてやろうか、と思っていた。そしてもし男が激昂して暴力をふるいそうになったら、ちょっと待ってください、と言ってお待ちいただき、綿部を連れてきて、「さあ、殴るならこの男を思う存分殴ってください」と言いたい。新町はそんなことを考えていた。けれども実際に言ったのは。

「少々、お待ちください」

という言葉だった。新町はそう言って宿泊カードを調べる振りをし、「床野様というお客様はいらっしゃいませんねぇ」と下を向いたまま言った。そのとき圧岡は戸惑いをしたような不細工な顔を造っていた。

言われた毛虫柄は、後ろを向き直り、すぐ後ろで暴力的な雰囲気を発散しつつ同時に爽やかな笑みを浮かべるという離れ業を演じていた臙色のスーツを着た男に、「兄貴、いかがいたしましょう。いらっしゃらないと仰っています」と半泣きで言った。臙色スーツはこれを宥めると同時に蹴り上げるような仕草をみせ、「おまえはなめれとる。さがっていなさい。儂が話す」と言うと、「あー、ソニア商会の白藤と申します。ここに泊まっている床野魂古という男に用があってこうして大の男が三人、雁首揃えてやってきたという訳ですわ。はっはっはー、お笑い草やな。と笑っていられない事情もありましてなあ、さっさと部屋に電話せんかいこらあっ、とお願いしたいのやが、可能ですかねぇ。不可能ですかねぇ。本当に困り果てているんです。私たち。ちょっと電話を、お部屋に電話を掛けていただけないでしょうかねぇ。それが無理なら、伝言を残していきたいのやが、それもあかんというのなら、儂等も漢なのかなあ。それすら怪しくなってきましたわ。証明しないと駄目ですかねぇ。おいっ、シゲ。あれ、出せや」

と言った。そうしたところ後ろに立っていたブラックスキニーに白い襯衣の若いのが、腰に手挟んでいたのだろうか、黒光りするずしりとしたもの、すなわち拳銃を素早く取り出し、白藤と名乗った男に手渡した。

「あっ」

と声を挙げる間もない、白藤はこれを自分の太腿に当てて発射した。ぱんっ、乾いた銃声がして、「あ痛っ」と声を挙げた白藤がロビーに転がった。

「大丈夫ですかっ」

慌てて圧岡が駆け寄り、立ち尽くす新町に向かい、「新町さん、救急車」と言った。

その圧岡の手を取って白藤が苦しい息で言った。

「お嬢ちゃん。ありがとよ。でも、大丈夫。これは、もちゃや」

馬鹿馬鹿しい。なんという茶番なのだろうか。拳銃は子供が使うようなおもちゃのピストルであった。

「僕は接頭語の、お、という語が嫌いでね。豚の味は啓蒙的でね、と常々、折口信夫先生は仰っておられたがね」

などともはや戯談ですらない、ただ人の憤激を買うだけの雑音を垂れ流して立ち上がり、その後、数々の心が痛むやり取りを経てようやっとわかったのは以下のようなことであった。


白藤は元暴力団組長であったがいまは飲食店を何軒か経営している。シゲと呼ばれた男ともう一名、ゲジ、という男は白藤の若衆であった。いまから一か月前、白藤は鶴丘という男と茶碗を購入する契約を結び、三十万円を支払った。鶴丘は白藤に以下のような話をした。古い知り合いに床野という男が居て九界湖ホテルに滞在している。この男は瀬戸物に目が利き、瀬戸物商売に手を染めているのだが酒と女にだらしがなく、ちょっと切羽詰まったことになって、一両日中に百万円がどうしてもいるがなんとかならないかと自分のところに逃げてきたのだ。自分も百万円なんてないが、心当たりがあるから聞いてみようと言った。それであなたに聞くが百万円で名物を買わないか。なんでも千万ではきかぬ茶碗らしいが切羽詰まっているので百万円で譲る、と言っている。と。

いうまでもなく鶴丘とはあの鶴丘老人らしかった。なんで鶴丘老人が白藤と知り合いなのかは新町にはわからなかった。しかしとにかく鶴丘老人は白藤を知っていて、そしてまた白藤が名物を安く手に入れたいと願っていたことも知っているようだった。だったらそれはそれでよいのだが、床野という宿泊客は本当におらず、つまり鶴丘老人は白藤に嘘を言ったのだということが新町にはすぐわかった。ということは。そう、白藤が受け取った茶碗は名品でもなんでもなく、そこいらで五千円くらいで手に入るシロモノであった。

もちろん白藤は百万円を払った訳ではなかった。百万円なんてとんでもない。せいぜい十万円だ。と言った。鶴丘はニヤリと笑い、たとえ十万円でも切羽詰まった床野は欲しいだろう。しかしそれでは床野があまりにも可哀想、せめて三十は出してやっていただけないか、と言った。白藤は、いいだろう、と言ってその場で現金で支払い、茶碗を受け取った。

白藤は瀬戸物はまったくわからなかった。というか骨董全般の知識が皆無であった。

ではなぜ茶碗を購入したのか。それには理由があった。実は白藤は四か月程前から、この界隈で力を持つある人物に面会しようとしていた。地方の社会においてはよくあることだが、事業を展開するためにその人物の口利きがどうしても必要だったのである。間に入った人によると、その人はかなりの蒐集家でもしよい品物を贈答することができれば話は早いということだった。

そう言ったうえで、その間に入った人は、まあ君には無理だろうがねぇ、と言ってカラカラ笑った。そのことで白藤は傷ついた。自分は引退していまは堅気になっている。それでも元・やくざ、という名称は一生ついて回る。なにをしても、どこにいても、あいつは元・やくざだ、と言われ、蔑まれ、笑われる。或いは、意味なく恐れられる。「ちょっと、ちょっと指、みして。あれ？　全部、あるやん。なんで？」と言われる。入れ墨を見せろ、と言うので見せたら、「ショボっ」と言われる。被害妄想？　違う。だって現にこの間に入ってくれた人がそうだ。私を元・やくざと侮り、無教養な奴と断じているのだ。なにも知らないくせに。白藤は内心でそう思った。でもその場ではなにも言い返すことができなかった。だって実際に無教養だったから。瀬戸物を知らなかったから。

だからこそ、茶碗を見て白藤はニヤリと笑ったのだった。これを持っていったら、やくざにも少しは教養がある、そう見くびってはいけない、と思わせることができるし、茶碗を気に入って貰って口をきいて貰うことができる。ならば三十万円なんて安いものだし、なにだったらその酒と女にだらしないらしい床野という男を雇い、茶器を買ってこさせてもよい。そして陶芸美術館を拵え、あの人物を館長にして、ちょっとおもしろいことなどもできるかも知れない。そうするとこのゲジあたりが忠言する。「けど、社長。そんな奴やったら、カネ持ってトンズラしょんのとちゃいまっか」と。大丈夫だ。そうならないためにあの鶴丘という男と組ませればよい。それでもうまくいかなかったら。「殺しまんのんか」アホ吐かせ。あんな奴を殺したところでなんの得にもならない。知り合いの臓器ショップに行くのさ。仲介料や諸費用を差し引いてもまあまあ儲かります。

と胸算用して白藤、三十万円で茶碗を買い、箱もそれらしいのを誂え、件の人のところに持ち込んだ。で、どうなったかというと。

怒られた、怒られた。「こんなものを私のところに持ってくるなんて、君は私をおちょくっているのか」と、普段は温厚、というより、海に千年山に千年、いろんな経験をし、いろんな人間を見てものに動じない老人であったが、こと趣味となると話は別なのであろうか、九界湖の水が一瞬で沸騰するような、そんな勢いで怒って、着ていた自分の衣服を引き裂き、「二度とその面を見せるなっ。ポン引きっ」という罵声を白藤に浴びせ、フリスクをがぶ飲みしていた。

喜ばれると思っていったのにそんなことになって白藤は訳がわからず、最初のうちは泣いてばかりいたが、割とすぐに（五分くらい）自分が騙されたことに気がつき、それからは泣くのをやめて前を向いて生きる、具体的には鶴丘と床野を捕まえて臓器ショップに連れて行くことにして、二人を捜し回っていたのだった。

ということがわかったからといって、いない床野の部屋を教えることはできない。なぜなら本当に床野という人が泊まっていなかったから。そこで新町は、

「それはお気の毒なことをいたしました。けれども床野様という方は本当にお泊まりではないのです」

と言った。したところ、白藤とゲジ、そしてシゲは心の底から驚いた様子で、「げっ、マジか」と言ったり、「そんなマルチーズなことがあっていいのか」など言い合いながら互いの顔を見合わせ乱れに乱れ、そして、「くっそう。あの鶴丘の餓鬼は。臓器、全部、売ったろか」「どろろ、みたいにしたろか」など言って涙にくれている。そこでさすがに気になったのか新町がついつい、

「鶴丘が本当にそう申したのでしょうか」

と言って、色めき立つソニア商会の反応に驚いて、慌てて手に口を当てたが時既に遅し、毛虫柄のセットアップが言った。

「おまえ、いま、鶴丘が申した、っていいましたね。どういうことなんでしょうね。おまえ、鶴丘と御面識あるんですか」

「いえ、それはその、そんなことは……」

口ごもる新町に脇から圧岡が言った。

「新町さん、駄目ですよ。それ以上言ったら、鶴丘さんがここのベルボーイだと言うことが相手にわかってしまいます」

「なんやとお、鶴丘がここのベルボーイやとお」

「ほら、ばれた」

「君が全部、言ったんじゃないか」

みたいなことに近いやり取りがあって、鶴丘が九界湖ホテルのベルボーイであることを知ったソニア商会の三名はますます猛りたち、そこへ騒動を聞きつけた綿部がやってきて怒り出し、茶を吹き出すやら霊を呼ぶやら、どさくさに紛れてセクハラをするなど大変な騒ぎになったかというとそうはならなかった。

なぜなら、白藤たちにはこの後、行くべき場所があったからである。鶴丘にそう言うと
「今日のところは用があるから帰るけれども、また明日来るから。鶴丘にそう言うといてくれ」

そう言い残して白藤たちは去った。去り際にゲジがシゲに問うた。「おい、例のパーテは何時からですか」「パーテかいな。もう始まってんちゃう」シゲはそんな風に答えた。あの二人の上下関係は一体どうなっているのだろうか。新町はそんなよそ事を一瞬、頭に思い浮かべた。綿部はこのことを理由に鶴丘をやめさせようと考えていた。

いつだってそうだ。やめて欲しい人はいつまでも居座ってやめず、残って欲しい人はやめていく。それというのも俺に人間的魅力がないからだろうか。そりゃそうか。神と権力と芸人と民衆の関係について考察する人間になんて誰も魅力を感じない。綿部はそんなことを自嘲的に思っていたのだろうか。

ハッピーというものの根源はどこにあるのか。結句、エゴイズムなのではないのか。そんなことはたれも考えていないように見えた。みな幸せというものを疑わず、幸せを祝福していた。鼻に汗をかいて。安物のブラウスにチキンの脂を垂らして。多くの

者はうす笑いを浮かべ、左右に揺曳していた。そしてその中にはバカのようにゲラゲラ笑うものもあったし、さらにはまるでキチガイのように弓なり緊張を繰り返し、後頭部を強打しては大声で喚き散らす者もあった。そんなことをして脳は大丈夫なのか。

そしてその中心に、一際、美しい、光り輝くような男女がいて、たれも疑わない幸せの高みに立って、全員の祝福を受けていた。ひとりは、この世のものとも思えない、ある意味、むごたらしいほどの美女、気島淺であり、そしてもうひとりは……。岡崎奔一郎であった。

ということは。そう。立脚大学演劇研究会次期会長を決めると同時に学内外の熱い注目を浴びる気島淺の生涯の伴侶を決定するための、研究発表会而して演芸会の結果、もっとも票を集めたのは、新工夫の貧困孤立漫談を演じた大野ホセアではなく、伝統的な上方落語の口調と現代のラップ口調を手堅くミックスした岡崎であったのだ。

ああ、なんて、なんて皮肉な運命なのか。光り輝く美女と有徳の美男が結ぼれる。というのはしかし別に皮肉でもなんでもないのか。むしろ醜男と美女、醜女と美男が一緒になった方が皮肉なのか。と、そう言えばいましもロビーに集まった祝福集団の中に大野ホセアとその一党の姿はなかった。恐らくは湖水に腰まで浸って一心に咒法《じゅほう》を行い、男女の未来を絶望的なものにしようとしているのだろう。

好きにするがいいさ。そんなことをしたところで金の力に裏打ちされた愛は金剛不壊、傷ひとつ付かないし、ほんのひと揺らぎもしない。だが心を安らかに持て。老いと死は万人に等しい。あの美しい気島淺もやがて三十年も経てば、ルフフ、言わぬが花でしょう。そしてどんな有徳人も三代も続けばその多くは没落する。「売り家と唐様で書く三代目」という川柳がある。そして奔一郎はちょうど三代目。初代が健在で睨みをきかし、父親もまだまだ死にそうにないいまでこそ家業は隆盛を極めているが、十年経って初代が死去し、二十年経って二代目が隠居する頃になればどうなるか。奔一郎ははっきり言って芸人の真似事をして舞台に立っているような男。家業がどうなるかについては……、言わぬが花でしょう。

そうなのだから、大野ホセア達も口惜しい気持ちはわかるが咒法など行わず、気持ちをゆったりと構えて、自分の芸道、学業、就職活動など、それぞれの道に精進しておれば、不細工でも貧乏でも、それなりに楽しいこともあり、心から愉快に笑う日もあるはずだ。ところがそんなこともわからずに人を羨み、人を呪い、我が身の非運を嘆いて泣いて暮らす。いやはや、人間というのは憐れであさましいものだ。

湖上の霧。吹き寄せる風。湖面の浪、はそんなことを語り合っているのか。いないのか。人間にはわからない。

でも、いや、だから、人々は変わらず浮かれていた。ことに美しい伴侶を得ることができた奔一郎は、人々の中心にいて輝く太陽のようであった。そして岡崎は自分の芸が気島淺に選ばれたことに満足しきっていた。

自分のやっていたことは間違っていなかった。確かに自分たちは純粋芸を目指している。なのでそれが一般大衆に受け入れられることはない。将来、プロとして活動することはないだろう。それは横山ルンバ先輩のあの悲惨な末路に明らかだ。でも、だからといってあまりにも人間の感情とかけ離れた芸のための芸のようなことはどうなのだろうか、と僕は常から思うていた。暴力漫才といって本当に血を流す。貧困孤立、それは解決すべき社会問題だろう。しかしそれを無理矢理に演芸化する必要があるのだろうか。そしてその結果、豚饅から菩薩が出てきて衆生に向かってギャグを言い続けるという誰も納得できない結末を作り出す必要があるのだろうか。僕はない、と思う。やはり純粋演芸といえども、なんでもありではない。それを淺がわかってくれたのが僕はたまらなくうれしいのだ。

奔一郎は友人達にそんな意味内容のことを怒鳴り散らし、帰りの車中でも飲み続けていたビールの小瓶をまた口にした。そう、ロビーはもはやパーティー会場のようだった。多くの者が酒瓶やグラスを手にしていたし、焼酎のボトルを持っている者もあった。崩壊音曲やギタレレ漫談の連中が奏でる楽器、そしてまた足芸を披露する女子部員、火吹き男の炭火ヤキトリなども始まってしまった。

なんということだ、と新町は思った。ここが宴会場ではないということを是非とも理解して欲しい、と思った。と同時に、そんなことはもういいのではないか、と思う気持ちが頭の中に現れて暴君のように振る舞いそうだった。

もし傍らで圧岡が、「素敵ね。素敵な夜ね。私ももう少し夢を追ってみようかしら」と夢見るような声で呟かなかったらどうなっていたかわからない。しかし、その一言で新町は我に還った。しかし、完全に普段の新町に戻った訳ではなかった。新町は言った。

「ここでは他のお客様のご迷惑になります。宴会場に移動してください」

言われた者たちは酔ってはいたが、それをもっともだと思う理性はまだ残っており、宴会場に向かって移動し始めた。けれども人数が結構いたし、談笑を続行しながらの移動で、なかには途中で立ち止まって話し込む者もあり、なかなかハカが行かない。

新町はそれらの人々を急かすこともしないで圧岡に言った。

「こんな祝賀の気持ちになったのは生まれて初めてだよ。でも、彼の祖父と父は地元の有力者だ。便宜を図っておくことがどれだけこのホテルのためになるか。ことに耐震調査の先延ばしなどには政治力がものを言うからね」

と、新町はまるで言い訳のように言い、そして敢えて小狡いようなこすからいような顔をして見せた。「それは演技なの？　本心なの？」と圧岡は聞きたかったがよした。そんなものが人間の心のなかで劃然と別れないってことを圧岡は本能的に理解していたから。

そして柱の陰からそんな会話を交わす二人を綿部が見ていた。見まくっていた。そこへ。

白く光り輝く祝賀のムードとは真逆の、黒い不吉な、ゴミというか、まあ、ゴミとまでは言わないが、死にかけの狂牛のような、ベトベトの換気扇のような、そんなようなものが入り口からつむじ風のように転がり込んできた。

だから人々は驚いた。なにだ、いったいなになのだ。その正体を見極めようと人々は目を凝らした。そして人々の目に次第に像を結んだその姿はなにであっただろうか、というと、なんということであろう、転がり込んできたのは大野ホセアとその取り巻き、そして鶴丘老人であった。

どいつもこいつもひどい姿だった。髪は乱れ、目は血走り、服はズタズタに切り裂かれていた。とりわけ、鶴丘老人はひどい姿で、シャツの前ボタンはすべて外れ、かつうはまた、ズボンを穿いておらなかった。「どうしたんだ。いったいなにがあった」と、もはや会長の貫禄を漂わせる奔一郎の問いに大野ホセアが、「どうもこうもない、いきなり襲ってきたんだ」と答えた。

会場を出たがそのまま祝いムードの浮かれポンチとホテルに戻るのが嫌だった大野だちは、実は咒法など行っておらず、どこか一杯飲めるような店を探していた。ところが田舎のこととて開いている店が一軒もなく、やむなくコンビニエンスストアーで安いワインや粗悪なナッツ、半ば腐ったような珍味を買い、袋をぶら下げて暗い道を帰る途中に襲われたのだという。じゃあ、なぜ鶴丘老人がそこにいたのかということだが、暗い道を先になり後になり歩いていたのだが、田舎道のこと、いつの間にか一緒に歩いて居るようなことになり、話すうちに、実は先ほどの研究発表会を、如何なる偶然にや、鶴丘老人が見ていた、ということが明らかになり、芸のことをあれこれ話しながら歩いて居るところを突然、暴漢に襲われ、わあわあ騒いだところ暴漢が怯んだので、その隙にようやっとここまで逃げてきた、というのである。

「と、とにかく手当を。或いは救急車を呼びましょうか」

「いやさ、吃驚しただけで実際に殴られたわけではないんです。いきなり変な奴が暗闇から喚き散らしながら出てきて訳のわからんことというから吃驚しただけです」

「じゃあ、怪我は大丈夫ですかねぇ」

「ええ、でもあの年寄りが」

「どうしたんですか、鶴丘さん」

「怖くて小便をちびり、不快なのでズボンを脱いで湖に捨てました」

「難儀な人やなあ。と、とにかくタオルかなにかを」

と言っているところへさして、バラバラバラッ、と三人の男、「おったぞ」と喚きながら入ってくる、その顔を見るなれば。そう、さきほど床野魂古を尋ねてやってきたソニア商会の面々、白藤、シゲ、ゲジの三名であった。歓声が止み、音曲が止んでロビーは水を打ったように静かになった。

白藤は衣を引き裂いて叫んだ。

「こら、鶴丘、ようも恥かかしてくれたのぉ。どなしてくれるんじゃい」

凄みをきかして言う白藤に呼応するように、シゲとゲジが進み出て、「こんかい、カス」というと、小柄な鶴丘の胸倉を摑んで引きずっていこうとした。新町はやむを得ず進み出て、「ちょっと待ってください」と言ってこれを押しとどめ、「待てませんよ。松の木ばかりが松じゃないでしょう」と息巻くゲジを宥め、鶴丘に、「説明してください、なにがあったのですか」と問うてそれ以上白藤になにも言わせなかったのは、さすがホテルマンの意地と貫禄であった。

鶴丘は言った。

「いや、この、ソニア商会の人たちがあまりにもむごいのです」

ブリーフ姿の弱々しい年寄りが涙を流して言うのを聞いて心優しい学生たちが眉をひそめた。そのうちの一人が言った。

「どんなひどい目に遭ったというの、お爺さん。なんだったら警察を呼びましょう」

へえ、おおきに。と言って鶴丘は涙を拭っていった。

「儂が五千円そこそこの茶碗を一千万以上の価値があるからと言って嘘をついて三十万円で白藤に売ったんです。そしたらこいつら怒りよって、儂に、腎臓売れ、って言いよるんです」

新町が言った。

「あの、意味わからんねんけど、っていうこと、鶴丘さん、あんたが詐欺を働いたということになるけど、そういうこと」

「へえ、そうこってす。床野魂古なんて奴はそもそもこの世におらんのです。みんな儂が考えたフィクションなんです。それを、こいつらときたら」

「っていうか、それ完全にあんたが悪いやん」

と、新町が言い、優しさの行き所を見失ったさっきの学生がちょっと考えて言った。

「けど、あれなんでしょ。どうしてもそのお金が必要だったんでしょ。奥さんが入院したとか、お孫さんが難病とか」

「嫁はんはいてしません。そやさかい孫もいてしません」

「じゃあ、なんでお金が必要だったの」

「遊ぶカネが欲しかったんです」

心優しい学生が新町に言った。

「すみません。宴会場どっちですか」

これにいたって堪忍袋の緒を切った白藤が先ほど引き裂いた衣をさらに細かく引き裂き、土をかぶって、

「新喜劇ちゃうど、こら。いつまで待たす気ぃじゃ、あほんだら」

と喚いたのは成る程、無理のない話であった。しかしそれにつけても白藤はどうや

って鶴丘を夜道に見つけたのか。偶然にしてはできすぎている。

しかしそれに実は十分に納得のいく理由があった。というのは二時間前、白藤はパーティーに出席すると言ってホテルを出た訳だが、そのパーティーというのが実は、演劇研究会の研究発表会であったのだ。研究発表会が白藤にパーティーと伝わっていた。なぜそんなことになるかというと、それが公孫神社、すなわち、岡崎奔一郎の父が経営するライブカフェで開催されたからで、白藤にそれを伝えた人物が催しの内容を正確に把握しておらず、ライブカフェを貸し切って行われるのだからパーティーに決まっていると早合点して伝えていたのだった。

では白藤にそれを伝えたのは誰かというとそれは白藤が取り入ろう、食い込もうとしていた有力者・実力者の秘書で、白藤に土下座と贈り物で懇願された秘書が、「怒りまくっているし、印象が悪くなりきっているので面談は不可能、パーティーとかそういうところで話しかける機会があるかもしれないが、それだって無視されて終わりだろう」と辟易したように言うのに食いついてようやっと聞き出した日程のひとつで、もっともガードが緩く潜入しやすそうなのが、公孫神社での発表会だったというわけだった。

といいうと、え、なになに、どういうこと。なんで白藤が取り入ろうとしていた人物、地元の実力者みたいな人が立脚大学演劇研究会の発表会に出席するの。バカじゃねぇの。という話になるが、実はそうではなく、その地元の実力者というのは、そう、もうおわかりであろう、白藤が取り入ろうとしていた人物はなにを隠そう、(株)オカザキの会長、地元で並びなき権勢を誇り、政財界に睨みをきかすオカザキグループの総帥、岡崎凡一郎その人であった。

孫。この素晴らしき存在のため、岡崎凡一郎ほどの人物が、演劇研究、ならまだしも、学生の演芸大会に出席を予定するなどという石に花が咲くような椿事が起きたのだった。そして人一倍鼻のきく白藤は、この機会を捉えて凡一郎に詫びを入れようとした。

しかし駄目だった。急な予定の入った凡一郎は出席しなかった。そのことを知った白藤は、なんということだ。なにをやってもうまくいかない。死のうかな。マジで。と思うほどに落ち込んだ。ゲジもシゲも元気をなくして、その場に蹲って床の木目を眺めていた。ところが、次の瞬間、どんよりと曇っていた白藤の目が鋭く光った。白藤の視線は会場の片隅に混紡のカーディガンを羽織ってちょこんと座っている鶴丘の姿を捕らえたのだ。

もとより、奔一郎の父、凡一郎の息子、鯉助の大らかな人柄を表すかのように、誰でも入場可のフレンドリーな会場であった。

だから誰が居ても不思議ではないのだが、何度も言うように場末の六流私立大学のマイナーなサークルの研究発表会に来る、外部の人なんてそういない。せいぜい親兄弟か親戚、地元で就職したヤンキーの友人くらいのものだ。そこへなぜ鶴丘がいたのか。鶴丘は勤務時間中ではなかったのか。それをば何故、私服に着替えてこんなところに来ているのか。

そうした疑問を白藤はまったく抱かなかった。なぜなら忿怒に駆られていたからである。おどれ殺したる。そう思った白藤はおめき声を上げて鶴丘につかみかかっただろうか。

いやさ、つかみかからなかった。なぜかというと、いまここで騒ぎを起こせば、これから取り入ろうとしている人のお孫さんの大事な会を台無しにしてしまうことになり、となればなんのためにここに来ているのかわからなくなる。なんのために生きているのかすら。なのでぐっと我慢をした。かつての仲間にはそれができない奴が一杯いた。そんな奴はみんな刑務所か精神病院に入っている。とっくに死んだ奴も少なくない。

それができるからこそ俺はソニア商会の白藤として生きている。生きていくことができるのだ。そう考えた白藤は会が跳ねるのを待ち、会場の外、それも出てすぐではなく、少し離れたところで声を掛けたのだった。

ところが、周囲に学生たちがおり、大声で騒いだため容易に手出しができず、そのうちに見失ってしまったが、見当を付けて九界湖ホテルに来てみたら言わぬことではない、ブリーフ姿の鶴丘がいた、という訳だった。

「とにかく、そういうこっちゃ。騙したんはこいつの方で儂らは被害者なんや」

と、白藤は新町に言い、「とにかく、儂らと一緒に来てもらおか。おいっ」とゲジに向かって声を掛けるとゲジは、「へいっ」と答え、床に座り込んで抵抗する鶴丘の襟首を摑んで無理矢理に立たせた。

「さあ、来なはれ」

引きずっていこうとするところに新町が割って入った。

「ちょっと待ってください」

「なんや。文句あんのか」

「いや、文句はありませんけど、せめてズボンはかしたってもらえませんかね」

「じゃかあっしゃ。さあ、いくど」

そう言って引き立てていこうとするのに今度は圧岡が待ったを掛けた。

「ちょっと待ってください」

というのには白藤もちょっと驚いた様子だった。なぜなら、まさかかかる緊迫した局面にホテルの制服を着た若い女が割って入るとは思わなかったからである。

白藤は足を淀めて言った。

「なんや、可愛いオネェちゃん」

「鶴丘さんは三十万円を騙し取ったから連れて行かれるんでしょ。それで腎臓取られるんでしょ」

「腎臓だけとちゃうけどな」

「それやったら三十万円返したら、ええんでしょ」

「ほお。あんたが払てくれるんかいな。ほな、もろとこか」

「新町さん。三十万円、払ってください」

「なんでやん。持ってないわ」

「冗談です。三十万円は明日、間違いなくお支払いします。だからスカ爺、じゃなかった、鶴丘さんを連れて行かないでください」

「じゃかあっしゃ。ほんだら明日、連れにこい。ちゅうか、こいつのせいで儂は岡崎さんとこ出禁なってもうたんやど。三十万で済むかいな」

「だったらいくら払えばいいんですか」

「カネの問題やない。信用の問題やねん」

「それやったら腎臓売らんでもええやんけ」

と新町が割って入った。

「腎臓、売るくらいの誠意、見せんかいちゅうとんじゃ」

と白藤が土を被って喚いたとき、

「ではあれですか、その信用が戻ったらあなたは納得するんですか」

と言って進み出た学生がいた。奔一郎であった。

「なんじゃい、こらあ、学生はへっこんどれ」

と白藤が怒鳴るとき、気島淺は咄嗟に自分の身体で奔一郎を庇い、その姿は既にして妻の姿であった、と後日、馬鹿な音曲の奴が述懐した。

その気島を穏やかな手つきで宥めて奔一郎は言った。

「引っ込んでいられません。なにしろ人の命がかかっている」

「自業自得やろがい」

「そうかも知れませんが、人は生まれながらにして腎臓を持っている。その腎臓を不当に奪われるのは許されることではない、と内村鑑三が言っていたかもしれない可能性を誰も否定できない」

「なにをぬかしとんね。意味、わからんわ」

「とにかく、あなたは三十万円が戻り、信用が回復されればそれでいい訳ですね。わかりました。あなたが完全な被害者であり、祖父を愚弄する意志はなかった、ということを僕から伝えておきます」

「はあ？　祖父？　っことはあなたは会長の……」

「はい。孫の岡崎奔一郎です」

　と名乗って奔一郎はそれまでの粗暴な態度を一変させ、恐縮しきって身長も半分ほどになってしまった白藤に言った。

「だからあなたの顔の立つように、僕からよく説明しておきましょう。大丈夫です。僕の紹介だったら大抵のことは大丈夫ですよ。父とはいろいろ意見の相違があって対立するところもあるようですが、僕は孫ですから。可愛い孫ですから。影響力は最強です」

「ありがとうございます。ありがとうございます」

　そう言って白藤は遥か年下の奔一郎に最敬礼を繰り返した。しかしそこは商売人だ

し、渡世人としても随分と苦労してきた白藤のことで、

「で、話はいつ頃、通していただけますでしょうか」

と下からではあるが図々しい念を押す。それに対して弁一郎は気を悪くした様子もなく、ではいまから行きましょう、と明るく言って、「こんな時間に約束もなしに行って大丈夫ですか」と驚く白藤に、

「大丈夫です。孫ですから。じゃあ参りましょう」

と言い、それから一同に、

「それでは皆さん、そういう訳でちょっと出るが、なあに、一時間もすれば戻り益之進。戻り鰹でも食べて待っていてください」

と言うとソニア商会の連中を従えて出ていく、その姿を見て新町が思わず言った。

「まるでソニア商会の奴らが付き人のようだなあ」

それを聴いた大野ホセアがポツリと言った。

「それが天性の貫禄というものなんだよ。俺ら庶民にはねぇものだ」

人々は弁一郎を称賛しながら宴会場に移動していく。そしてロビーに、新町、圧岡、大野、そして鶴丘老人が残った。

新町が大野に、「宴会場に行かないんですか」と問うた。大野は寂しそうに言った。

「あのなあ、俺は敗北したんだよ。行けるわけねぇじゃん。どの面下げてあそこにいればいいんだよ。米屋の村発狂だよ」

「それはそうよね。芸で負けた上、あそこまで立派に振る舞われたんじゃ、差が付き過ぎだものね」

と、圧岡がしみじみ言った。その圧岡に大野が問うた。

「というより、俺からひとつ聞きたいことがあるんだけどね」

「なんでしょうか。ロブスターの平均的な価格でしょうか」

「違う。俺の見たところ、その鶴丘って爺は最低な爺じゃないか。やくざを騙して」

「まあね」

とこれには新町が答えた。

「その爺が詰められるのは俺の見たところ自業自得、っていうか誰が見ても自業自得、にもかかわらず、あなたは身銭を切ってこの爺を助けようとした。なんでだ」

「そ、それは……」

と口ごもる圧岡の代わりに新町が答えた。

「人間として当然のことをしたまでですよ。だって内臓取られたら可哀想でしょ。っていうか、あの、会長のお孫さんだっておんなじことしたじゃないですか」

「いやさ、人間てなそんなもんじゃないよ。死んで初めて、『たったそれだけのことをなぜ相談してくれなかった。死ぬくらいなら出してやったものを』と涙を流すけど、じゃあ、生きている間に言ったらどうなる？　百も貸すものか。岡崎だってそうさ。みんなの前でいい格好したかっただけのことさ。誰もいなかったらシャツの裾を直して髪を整えて、自分という名のニルバーナにたゆたっていたよ」

「まあ、でも同僚だから」

「同僚だけでそこまでするんですかね。あと、話芸に携わるものとしてすごく気になってるんだけど、あなたがたときどき大阪弁になりますよね。それもかなり完璧な。どういう訳なんですかね」

勿論、一般の客の前でかかるピュアーな関西弁を披露することもないだろうし、二人とも意識してやっているわけではないのであるが、普通の客なら先ず気がつかず看過するであろう点を指摘されて二人は顔を見合わせ、そしてすぐに顔を背けた。

二人とも同じことを考えていた。

そう。二人はそのとき初めて自分たちが心の奥底に押し込んでないことにしていた問題に気がついた。それはスカ爺に対する後ろめたい気持ちだった。

自分たちはスカ爺を見殺しにした。ホテルがうまく行っているときはその破天荒な言動、性格を許容することができたし、それを自分たちも楽しんできた。ところが。ホテルが立ちゆかなくなり、余裕がなくなると、自分たちはスカ爺を持て余すようになった。というか邪魔にするようになった。スカ爺はなにも変わっちゃいなかった。自分たちが変わったのだ。経済的にも精神的にも。そしてスカ爺は、あんなに陽気で、あんなに饒舌だったスカ爺が、無口な、気むずかしい男になっていって、そして酒に溺れるようになって最後、あんなことになった。同じ年格好の鶴丘に親切にしてしまい、無視できないのはその後ろめたさからだった。けれども圧岡も新町もそれを口に出して言うことはおろか、意識の端に登らせることもできなかった。なぜならそうしたら自分がつらかったから。ましてや、今日、会ったばかりの大野ホセアに言うなんてことはまずない。

新町は内心の余裕を失いながらも、そんな内心が余人に知れる訳がない、という確信から、外面的には余裕があるように見える態度をかまして言った。

「そんなことどうでもいいじゃないですか。仲間を庇ってなにが悪いんですか」

「そうですよ。三十万円はもちろん月々のお給料から返して貰います。利息も貰いますから」

「ちぇ、しっかりしてやんなあ」

と、嘘くさい東京弁で言ったのは新町、その新町がことさら話題を変えるように鶴丘に言った。

「そんなことより、鶴丘さん、駄目じゃないですか、勤務時間中に。なんで公孫神社行ったんですか」

「ほんとですよ。こんなことが綿部さんに知れたら首ですよ」

と、圧岡が言った。綿部はそれを柱の陰で聞いて、とうに知っとるわい、と思っていた。そして不自然な姿勢をとっている自分をおもしろく感じてもいた。

ブリーフ姿で蹲っていた鶴丘老人が立ち上がった。新町は当然、自分になにか言上することがあるのだろうと思い鶴丘老人の言葉を聞こうとした。しかるに鶴丘はこれを無視して大野ホセアの顔を見て言った。

「なんであんなことをしたんや」

新町はふたつのポイントで驚いた。ひとつは自分を鹿十したこと、ひとつは、実はさっきからそうだったのだが、鶴丘が関西のイントネーションで話し出したことであった。

大野も面食らった。面識がないはずの鶴丘がなにか急にわかったようなことを言い出したからである。そして鶴丘老人の口調は悲しげな、まるで大野を憐れんでいるような口調だった。なんで俺がこんなブリーフ姿の情けない年寄りに憐れまれなければならないのか。そんなに俺は惨めなのか。詐欺を働いて厄介な物質と成り果てている人生の敗残者に同情されるほどに。なめやがって、クソ野郎がっ。

面食らうと同時にそんな反発心も覚えた大野はそれが相手に、そしてその場に居る人すべてに、冷笑的に聞こえるように留意して言った。

「なんのことですか。意味わからないんですけど」

「おまえやったら楽勝やったやろ、ちゅうてんねん。わかってんねん。わざとやろ」

そう言われて大野は初めて、まさか……、と思って慌てたが、そんな訳はない、追い込みがかかって逆上した半暈《はんぼけ》老人が痴れ言を口走っているに過ぎない、と思い直し言った。

「ぜんぜん意味わからないんですけど」

鶴丘はそれには答えず、大野の目をじっと見た。力のある視線だった。大野は思わず目をそらして言った。

「訳がわからないことを言っている暇があったら、借金を返す算段をしたらどうですか」

鶴丘は目をそらさずに言った。

「コンマゼロ五秒、かっきりやった。むしろ神業や。全盛期の儂でも難しい芸当や」

大野は驚愕した。驚愕のあまり自分の頭を粉々に打ち砕いてしまいたい、とさえ思った。神なら知らず、人間でさっき自分がやったことを知っているのは地にも天にも自分只一人、とそう思っていたのに、このブリーフ姿の見窄らしいバカみたいな年寄りが知っているなんて、そんなことがある訳がない。或いは、説話などでは神は最初乞食の様な姿で現れるが、この年寄りも龍神の化身かなにかなのか、そんな非現実的なことすら考えた。

大野は先ほどの研究発表すなわち孤立漫談に余人には計り難い精妙な細工を施した。どういうことかというと、大野はすべての重要な、ここが笑わせどころという枢要な科白をきっかり0・05秒ずつ遅らせた。これは人間にとってもっとも不快を感じる間合いで、どんなおもしろいことを言っても誰も笑わない。ということを逆から言うと、別に大しておもしろいことでなくてもジャストのタイミングで打てば、そここそこはおもしろいということで、もちろんそれだけではないが、演劇研究会でもこのタイミングについては随分と研究され、議論されていた。しかしだからといって常に絶妙の間合いをキープできるかというとそんなことはなく、ともすればジャストな間合いを外してしまいがちだった。なぜかというとそれは意識してできることではなく、自身の呼吸そのものとなる、すなわち完全に身体化して初めてできることであったからである。

それができるようになった人でも、その日の体調や気分、或いは見る人の反応、もっというと気温や湿度によって間合いを外すことがあった。

ところが大野はそれを完全完璧にコントロールしていたのだ。しかも受けない方向に向けて。

誰にもできないことをする人はいない。ましてやそれが自分の得にならない、というか、大損・大失敗になる、つまり、ムチャクチャ難しい誰にもできないことをやるのだけれども、それによって自分が苦しむ、みたいなことは誰もしない。苦難に挑むのはその先に地位や名誉や金、或いは救済や魂の平安が約束されているからで、例えば運動選手がムチャクチャ苦しい練習に耐えるのは一位になって達成感、そして祝福や栄誉を受けるためで、世界アホバカチャンピオンとなって、馬鹿にされ嘲られ、挙げ句の果てには無視され、貧に苦しみながら生きて最後は世の中を呪いながら孤独死するのがわかっていれば最初から練習なんてしない。

大野はその誰もしないようなことをした。だから大野からすれば自分がそれをしたことが人間に理解されるとは思っていなかったのだ。ところが老人はそれを見抜いていた。大野は呻くように言った。

「あんた、誰だ」

それには答えず、鶴丘はさらに言った。

「それだけやない。おまえの孤立漫談には回文が四十八も仕込んであった。きわめてナチュラルな言い回しだから誰も気がつかなかったがな。頭韻二十脚韻二十と数を合わせて龍虎の案配、前人未踏の漫談八重襷を完成させたうえ、随所で古今集とイェーツをリミックスして、雲を呼び、龍を呼び、直ちに還す。天文地理の奥義を究めつつ、庶民感覚を踏み外さない、漫談中の漫談、とも言うべき根多だった。なのに、なんであんなことしたんや、すべてを台無しにするようなことを」

そう言って鶴丘は大野の目をじっと見た。

大野は叫んだ。

「わあああああああっ、まさか、まさか、そんなことがあるのかっ」

絶叫しつつ、転げ回った。全身を掻きむしり、掻きむしりすぎて破れた皮膚からうどんを噴出させた。

新町、圧岡は意味がわからない。呆然として顔を見合わせ、救急車を呼んだ方がよいのか、と思案するなどしていた。老人は憐れむような表情を浮かべてブリーフの裾を直すなどしている。

暴れすぎた大野は、疲れてそれ以上暴れられなくなり、身体からは血とうどん、それはよく見るとうどんではなく、破れて垂れ下がった衣服であった、と、顔からは涎と鼻水を垂れ流しながら暫くの間ヒクヒクしていたが、やがてゆっくりと立ち上がり、そして鶴丘の顔を真っ直ぐに見据えて言った。

「本当にそうなんですか。本当にあなたは……」

「いかにも。いまあんたの目の前に立っているのは、ふっ、笑うがええわ、天才といわれた横山ルンバのなれの果てじゃ」

と鶴丘老人は静かな口調で言った。

「い、生きていたとは……」

呻くように言った大野ホセア。意味がわからず黙って立ち、唇を尖らせたり、ブラウスの上からブラジャーの位置を直したりしている新町と圧岡。それぞれの時が過ぎていく。

なかでも大野は自分のなかからこみ上げるなにかに耐えているようだった。その大野に鶴丘老人が言った。

「儂のことはまあ、ええ。おまえ、なんであんなことしたんや。なんであんなことして、この世のものとも思えん美しい女をむざむざライバルに渡したんや。おまえの腕やったらいっぱっちゃったやろう、なんでや。なんでそんなことしたんや」

いまや剝き出しの大阪弁で言う鶴丘に、完璧な大阪弁をマスターしている言語天才・大野ホセアは血を吐くような大阪弁で答えた。

「あんたのせいや。あんたを見とったから俺はわざと負けたんや」

「儂のせい？　なんで儂のせいやねん」

心の底から不思議そうに言う鶴丘に大野は、感情の堰が切れたようにまくし立てた。

「そやないか。そやないか。そやないか。唯一無二。絶対に誰にもでけへんような至芸を完成させたあんたがやで、玄人になった途端、鳴かず飛ばず。どんどん後輩に追い抜かされて、最後はどこに行っても笑い物、はいつくばってそれでも十年頑張ったか。鍛え抜いた芸を披露する機会もなく、ただ笑われ、馬鹿にされるだけの役割でようやっとその日ぃの煙立てて、けどそのうちにそれもあかんようになって気いついたら行方知れず、知ってそうな人にたんねても、よおて、『ああ、そういうたらそんな奴おったなあ』大概は、『誰や、それ』忘れられてもおとんにゃ。不世出の天才、と言われたあんたがその体たらくや。要するに、天才やなんや言われても所詮、玄人の世界では通用せえへん、学生のお遊び、俺は、それを見とったからわざと負けたんやんけ」

「なんでや」

「気島淺を幸せにでけへんからに決まっとるやろ。俺はあの子を田舎の旅館の雑用係の嫁はんにしたなかったんじゃ。ぎりぎりでそう思たんじゃ」

そう言って大野は号泣した。実に見苦しい不細工な男の泣き顔であった。その大野に鶴丘が言った。

「それでおまえ、将来、どないすんねん。玄人になんのんかい」

「やかましわ、ほっといてくれ」

「ほっとかれへんのお。嘘でも儂に憧れて、あそこまで儂の、一代で終わると思てた儂の芸を承継した人間や。まあ、言うたら師匠やないけ。儂が仕事抜け出して会場ィ行たんは、おまえらの話聞いて、おまえらがどんなことするか気になってしゃあなかったからや」

「情けない師匠やの。ズボンくらい穿け」

「やかましわ。ほんでどないする気やね。玄人になんのんか」

「外に取り柄ないからの。頭も悪いし、顔悪いし、背ぇちっこいし、家、貧乏やし。それしかないやろ」

「儂みたいになってもかまへんのんか」

「かまへんことないけどじゃあないやろ。外に取り柄ないねんから」

「それやったら一個だけ教えといたるわ」

そう前置きして鶴丘老人、かつての横山ルンバは驚くべき黄金の秘密を語り始めた。鶴丘は言った。「プロをなめなければならない」と。これを聞いた大野は驚いた。なぜなら大野は、「プロをなめてはいけない」と聞いていたからである。ところが鶴丘は、プロをなめなければならない、と言い、そして続けて、「儂はプロをなめなかったからこんなことになった」と語った。どういうことかというと、鶴丘は自分が玄人の世界でまったく評価されないのは、自分が未熟だからだと考えた。ところがそうではなかった。プロは生活のために金を得るため、すなわち金を払う人のための高度な技術を習得しているが、そのために鶴丘が如き、或いは大野が如き、純粋な技術にたいする技術もなければ見識もなく、がために鶴丘を単なるヘタクソと見なして嘲り、下に見て下駄で殴ったり、うどんの鉢を返しに行かせたりした。けれども鶴丘はそのことに気がつかず自分を責め、「儂の業なんて一文の値打ちもないにゃ」と自暴自棄になって、せっかくの至芸を持ち腐れに腐らせ、だからといって、いまさらあざといばかりで味もしゃしゃりもない、実用一点張りの技術を覚える気にもならず、虚無的に生きるうちに現在のような立場に身を落とした。それというのも最初、プロの見識を尊重したからでそんなことをしたから自分のペースを乱し、身を持ち崩してしまった。あたら若いおまえに自分のような目に遭って欲しくない。だから敢えて忠言する。「プロをなめろ」と。ことにいまはネットなどもあるから、おまえのような高い技術の持ち主が埋もれて世に出れぬということはない。具眼の士が必ずいる。人を信じ、自分を信じて、プロをなめてガンバレ。

鶴丘はそのように語った。

一部始終を聞いていた新町が言った。

「なるほど。けど、鶴丘さん、それ俺は違うと思うわ」

新町が自分のことを俺という、珍しいことだわ、と圧岡は思った。そして大阪弁の持続。勤務はもう今夜はいいわね。圧岡はそんなことすら考え始めていた。柱の陰では綿部がギラギラしていた。いったいこのホテルの誰が真面目に働いているのだ。俺すら働いていない。素敵な夜だ。綿部はそんなことを考えていた。そんなことは夢にも知らない新町が続けて言った。

「プロはやっぱり凄いですよ。やっぱり生活ありますもん。生活かかってますもん。だから俺、思うんですわ。鶴丘さん、ただ、あかんかっただけとちゃいます？　その言い訳として、プロは金のためにやってるから不純とか、そんな理屈、考えただけちゃいます？　そやから大野さん、やっぱプロなるんやったら謙虚にいかなあかんと思いますよ。こんなおっさんのしょうむない言うこと聞いたらあきませんて」

「なんやと、こらあっ。もう一回、言うてみい」

と鶴丘が息巻いた。その鶴丘に新町が冷静な口調で言った。

「何回でも言うわ。あんたはカスや。クズや。その恥ずかしいブリーフ姿がすべてを物語ってるやん。それで凄んで誰がびびる？　その恰好で後輩に人生語って説得力ある思うか？」

圧岡は、そんな追い詰めないで、と思った。したところ言わぬことではない、鶴丘は自分を恥じて苦しみ、ブリーフのゴム部分を腹の前に集めて前に引っ張ったり、身体をくねらせるなどし、なんとか自己のあり方を変えようとし始めた。そんなことをしたってブリーフはブリーフだというのに！　おそらくプロになってずっと鶴丘はこのように苦しみ悶えたのだろう、そんな風にして苦しむ鶴丘＝横山ルンバの姿を見て大野は混乱していた。

どっちなんだ。いったいどっちなんだ。私たちの芸能は価値あるものなのか。それともただのゴミクズなのか。或いはその中間のどちらつかずのものなのか。俺はいったいどうしたらいいのだ。

混乱した挙げ句、ついに大野は叫んだ。

「もういいっ。もういいよ。いずれにしろ、俺は負けたんだ。気島さんは岡崎を選んだ。どうだっていいよ。俺はもう余生だよ。余生としてプロになって駄目だったら死ぬまでさ。その湖に入水するか、弁天社の鳥居で縊れて死ぬまでだ。だからもういいだろう、この議論は。気が滅入ってきた」

「やっと言ったか」

と、鶴丘が冷静な声で言った。圧岡は不思議に思った。だってそうだろう、先程まであんなに懊悩していた鶴丘が急に冷静な声を出した。

「さっきあんなに苦しんでたのに。なんなんですか。心配したじゃないですか」

と、可愛い声で言う圧岡はまあまあの歳だ。

「混乱は演技。こいつの覚悟の前を知りたかっただけや。ほた、いこか」

「いこか、ってどこ行きますのん？」

「バンケットルームに決まっとるやろ」

「バンケットルームに行ってなにしますのん」

問う新町に鶴丘老人は言った。

「地元名士の孫と当代の美女とのおめでたい婚約の余興として儂の、横山ルンバの一世一代の芸を披露するに決まってるやろ」

ブリーフ姿でスクと立ってそう言った鶴丘にはひとつのことを考え得る極限まで考え、そしてその玄義を窮めた人間だけが持つ威厳が備わっており、その勢威に押されて新町と圧岡は思わず頷いてしまった。

大野ホセアは猶更であった。それはそうだ、まるで神のように崇めていた横山ルンバが一世一代の芸を披露するというのだ。なにがあっても見たいに決まっている。けれどもそれを素直に喜べぬ気持ちもあった。というのは。そうそれが自分を捨てた女の盛儀を寿ぐ芸能であるからだ。

自ら仕組んだこととはいえ、そのことが大野の心に影を落としていた。でも見たい。見なければならない。こんな気持ちの俺をすら横山ルンバは爆笑させることができる。言わば人の頭脳に直接、手を突っ込んで笑かすことができる男なのだ。これを見ないということはなにから目を背けることになるのだろうか。ちょっとわからないな。なんだろう。

そんなことを思ったとき、突如としてある考えが大野の頭に閃いて、大野は痺れるほどに感動して言った。

「そうか。先輩、いや、師匠、あなたは、俺が本当に諦めたかどうかを知りたかったんですね。あなたはこの土地に住んで働く人間としても、演劇研究会の大先輩としても、その凄腕、いや、凄腕などという生やさしいものではない、人間の話芸の極限、神の笑いを披露して、後輩の婚約を祝いたいし、そのことはあなた自身の人間としての尊厳の回復にもなる。けれども、師匠、あなたは俺のことを考えてくれた。俺の心のことを考えてくれた。俺が本当に気島のことを断ち切っているかどうか。芸を披露するのはそれがわかってからにしよう、って思ってくれたんですよね。ありがとうございます。俺はもう大丈夫です。おもっきりいったってください」

そう言うと大野はズボンを脱いで鶴丘に渡して言った。

「よかったら、これ穿いていってください。師匠の腕やったらなんの問題もないと思いますけど、ブリーフ姿だと伝わりにくいこともあるかもしれませんから」

「おおきに」

低い声で礼を言った鶴丘はこれを穿くと、

「ちょっとおっきいかな。けど、落ち着くわ」

と言い、そして、

「ちゃうわ」

と言った。

「ほたなんですの」

問う新町に鶴丘は驚くべきことを言った。なんと鶴丘は自分が気島淺の愛を得て、これと結婚すると言明したのである。三名は驚愕のあまり一時的に失明した。そのブラインド状態の三名に鶴丘は以下のようなことを言った。

自分は女好きで女と見ればいつもつけ狙っているが老いぼれてしまったため、また、貧乏で身なりなどもよくないので、まったく女に相手にされない。ましてや若い美女ともなると猶更で、恋愛どころか存在すら無視される。しかし、なんということだろうか、あの気島淺という美女はその演芸がおもしろければ、貧乏でも醜男でも年寄りでも愛するという。悪疾の保菌者であってもファシストであってもなにであっても愛するのだ。演芸の下での平等。おそらくは気が狂っているのだろう。だからなんだっていうのだ。あんな美女を我が物とできるのであればなんだって構わない。

そう思って鶴丘老人は公孫神社に潜入した。飛び入りだってなんだってよい、自分が軽く芸を披露したら一撃だ、と思ったからだ。ところが多くの箸にも棒にもかからない有象無象の中で大野が、大野だけが屹立している。そして、こいつには、こいつにだけはもしかしたら自分も敵わないかも知れない、と鶴丘は思った。

自分の演芸は円熟の極み、滅びる寸前の光芒を放っているが、伸び盛りには伸び盛りの勢い、なににも代えがたい熱気のようなものがある。若い気島淺はむしろそちらをよしとするのではないか？

そんな一抹の不安を抱きながら大野ホセアの孤立漫談を見て鶴丘は大野がわざと間合いをずらしていることを知り、疑念を抱くと同時に、これなら勝てる。勝って、あの美人を思うようにできる、とどす黒い欲望を感じた、その瞬間、ソニアの連中にとらわれて、千載一遇の機会を失した。ところが再び好機が巡ってきた。そして大野の真意もわかった。ならば。そう、この機会を逃す手はない。いまこそ自分は出て行って磨き抜いた芸を披露して気島浅の部屋の鍵を受け取る。ひっひっひっ。おもしろいでしょ。

鶴丘の真の狙いを知った大野は激怒した。なんというやらしい爺なのか。なんという卑劣漢なのか。どんなレイシストもこいつよりはマシな魂を持っている。自分の芸を利用して、誰よりもピュアーな魂の持ち主である気島浅を籠絡しようとするなんて。ゆるさん。大野はそれまでの丁重な態度、限りない respect をかなぐり捨て、もはや、おまえ呼ばわりで言った。

「俺はなあ気島に仕合わせになってほしかったんや。そやからあんなことしたんや。おまえみたいな爺に渡すためちゃうんじゃ、ぼけ。おまえに取られるくらいやったら」

「どないするっちゅうねん」

「俺がやったるわ」

「儂と勝負するっちゅうんかい」

「おお、そうじゃ。いまから宴会場行って漫談やって、よりおもろかった方が気島と結婚するっちゅうわけや」

「おもろいやないかい。受けたろやないかい。けど、おまえ、儂に笑いで勝てると思とんのか」

言われて大野は俯いて唇を嚙んだが、すぐに顔を上げて言った。

「勝つ」

ほおっ、と新町が感嘆の声を挙げた。圧岡は胸のあたりで小さく手を叩いた。綿部はいつの間にか姿を消していた。九界湖周辺は静まりかえっていた。どこかで犬が吠えていた。野犬なのだろうか。それへさして乾いた笑い声が響いた。

「はははははは」

鶴丘は大野の股間のあたりを指さして言った。

「その恰好でかい」

大野はすぐに鶴丘の指摘の意味を悟った。きわめて精妙な笑いの玄義を追求し、刹那の間合いで意味と無意味のギリギリのところを攻めていく大野や鶴丘の領域で、このブリーフ姿という、おもしろ風味、は巨大なハンディーで、例えて言うなら鉄下駄を履いて１００メートル走世界選手権決勝に出場するようなものであった。

「ははは、儂の勝ちは決まりやな。たかーさごゃー、このうらぶねにー、猿、たべて

――」

と謡いながら既に勝ち誇ったような様子で宴会場に向かって歩き始めた。

その後ろ影を見送って大野が圧岡に問うた。

「この辺にユニクロないですかね」

「ないですねぇ。もしあっても今から行ってたら間に合えへんし、行ったとしてもその恰好で店に入っていったら通報されるし」

答えた圧岡と、「そうですか」と呟く大野の視線が同じところに注がれた。

「あかん、あかん」

新町は股間のあたりを押さえて後ろに下がった。

「すみませんねぇ。ホテルマンのあなたにそんな恰好をさせて」

大野はフロントにこそこそ駆け込む新町に言った。

「仕方ありませんよ。ここに立ってたらみえませんし。さあ、早く行って」

「ありがとうございます。勝ってきます」

「頑張ってくださいね」

ニコニコ笑いながら声援を送る圧岡に新町が言った。

「そんなことより、ホテルマンがフロントでこんな恰好してるなんてあり得へんでしょ。早よ、なんか持ってきて。とりあえずスエットでもなんでもええから」

「わかりました」

そう言って早足で歩き出した圧岡は二、三歩行ってから立ち止まり、振り返って言った。

「私、新町さん、ズボン、貸さへんと思ってました」

「なんで」

「なんでって、新町さんは誰よりもホテルマンとしての自分を大事にしてたじゃないですかあ。その新町さんがそんなことするなんてあり得へんと思ってました」

「あのなあ、圧岡さん。僕は確かにホテルマンや。けどなあ、僕はホテルマンである前に人間なんや」

「新町さん……」

と言って圧岡は感に堪えぬといった風情で絶句した。続けて圧岡は言った。

「そんな新町さんって……、気色悪いですね」

新町のメンタルが顚倒した。

宴会場の正面奥には、さすがは演劇研究会だ、平台こそないものの、ホテル従業員の手を借りることなしに、無断でマイクなど音響をセットして、現代散楽、ラップ落語、反戦殺陣といったマニアックだが肩の凝らない演芸が即興的に披露されていた。一大イベントを無事終えた安堵感と結婚を祝う気持ちと羨む気持ち、素晴らしい芸を素直に尊敬する気持ちと自らの未熟さに対する忸怩たる思い。そんないろんな気持ちが酒の酔いによってミックスされて渦巻き、立ち上り、ところどころで小爆発、いたるところでゲラゲラ笑いやクスクス笑いが起こり、また時折、嬌声、歓声、幾分か歓喜を含んだ悲鳴が上がっていた。

そんななか鶴丘老人が、ふらっ、とマイクに近づいていった。そのときマイクの前にはギターを抱えた男が居て、イルカのヒット曲「なごり雪」を歌っていたが、鶴丘の姿を認めると、途中で歌をやめ、それは実に不自然なことなのだけれども、誰もそれを奇異に思わないような、ごく自然な形で鶴丘にマイクを譲った。

男は後日、「なにか、とてつもないオーラを感じて振り返るとあの人が立っていて、そうするのが当然、みたいな感じでマイクを譲りました。なぜそうしたのかは自分でもわかりません。でもあのときはそうすべきと思う間もなくそうしていました」と語った。

そのようにしてマイクの前に立った鶴丘は、やや前屈みで顔を横に向け、顔とは反対の方向に肘を曲げて両手をさしのべる、という往年のスタイルで、

「ただいまご紹介にあずかりました横山ルンバでございます」

と言った。寄る年波で声量も乏しくなっているせいか、これに気がつく者はいなかった。そこでもう一度、「ご紹介にあずかりました横山ルンバでございます」と言った。でも誰も気がつかない。そして今度は、「紹介にあずかりました横山ルンバ」。次に、「あずかりました横山ルンバ」。次に、「横山ルンバ」そして、たった一言。「横山」と言って黙った。これにいたって初めて、一人の男が傍らに居た男に、「あれって、もしかして横山ルンバじゃないか」と呟くように言った。傍らの男が、

「横山ルンバと言えば、あの伝説の……」

と喚くように言い、一瞬の間を置いて、

「誰だったっけ」

と言った。呟くように言った男のメンタルが顚倒した。しかし男はすぐにメンタルを立て直し、そして、「そうか、君の世代になるともう知らないのか」と嘆じつつ、横山ルンバが自分たちの大先輩であり、立脚大学演劇研究会の精神的な柱、いわば礎ともいうべき偉大な存在であることを説明した。

そして同じような囁きが宴会場全体にさざ波のように広がっていき、それとタイムを合わせるように横山ルンバは、「横山」と言い、「横山ルンバ」と言い、「あずかりました横山ルンバ」と言い、「紹介にあずかりました横山ルンバ」と言い、「ご紹介にあずかりました横山ルンバでございます」と言い、そして、「ただいまご紹介にあずかりました横山ルンバでございます」と言ってにっこり笑った。

次の瞬間、津波のようなどよめきが起こり、そして直後に、嵐のような歓声と口笛が巻き起こった。この後、なにが起こるかも知らずに全員が横山ルンバの突然の出現を歓迎していた。ただひとりを除いて。

そのひとりというのは勿論そう大野ホセアである。大野は宴会場の入り口付近で腕組みをして立っていた。大野は呻くように言った。

「言論山扇。並の技ではない。形だけなら俺にもできるがここまで会場のざわめきにシンクロさせるとは……」

自分が敵う相手ではない。そんな思いが大野の胸中に黒雲のように広がっていった。

そんな大野の不安とは裏腹に鶴丘は自信たっぷりの静かな口調で語り始め、居合わせた人たちは全身これ耳、ほんの一言、しわぶきひとつも聞き逃すものではない、という意気込みでこれに聞き入っていた。

十分後。宴会場は寂寞として静まりかえっていた。大野は、「こ、これは……」と呻くように言った。その直後、あちこちから咳払いや欠伸が聞こえ、続いて人々は、「さっ、そろそろ部屋に戻ろうかな」「花束は緑色が主体だね」「明日の朝食はやはり和食にしよう」「遊覧船ってもう終わってるよね」といった、いま披露された演芸とはなんら関係のない事柄について話し始めた。

なぜか。それは言うまでもなく、いま見た演芸があまりにもおもしろくなく論評に値しないというか、言及することさえ馬鹿馬鹿しいというか、それを見たことをなかったことにしたくなるようなシロモノであったからである。

いったい誰がこれを見て笑うのか。昭和のコントをいま見て爆笑するほどの人でもおそらく笑わないだろう、ましてや立脚大学演劇研究会の学生たちがこんなもので笑う訳がない。しかし、当人は自分が受けていないということに気がつかず夢中で演じ、人々は苦しい気持ちで永遠とも思える時間に耐え、その間、ある者は、麒麟も老いては駑馬に劣る、という言葉を思い浮かべ、ある者は、芸の賞味期限ということについて考え、ある者は、この男はニセモノではないか、と疑うことによって、目の前の、普通あり得ないおもしろくなさ、をなんとか合理的に解釈しようとし、そして終わった瞬間、これをなかったことにし、意思の力で記憶から消去したのだった。

横山ルンバこと鶴丘老人は暫くの間、まばらな拍手すらないままマイクの前に立っていたが、やがて肩を落として真っ直ぐ出入り口の方へ向かって歩き始めた。意気揚々と入ってきたときとは打って変わって、膝が曲がって、足取りもおぼつかず、めっきり老人めいて哀れな姿だった。

出入り口で大野とすれ違った。鶴丘は大野と目を合わせようとしなかった。大野は鶴丘の後ろ姿を見送った。そのとき鶴丘が振り返って目が合った。鶴丘は慌てて目を逸らすと、腎臓のあたりを両手で庇うようにして押さえながら薄暗い廊下の先へ消えた。

大野だけがそんなことになった原因を理解していた。世の中には千のパーツで組み立てた機械もあるし万のパーツで組み立てた機械もある。そんななか鶴丘は数千万のパーツで機械を組み立てようとしていた。ということはそれだけ精妙精巧ということでひとつの部品も欠かすことはできない。鶴丘はもちろんすべてのパーツを保管していた。数もチェックしていた。けれども。やはりそれは経年によって錆びたり、脆くなったりする。材質によってはひび割れて強度を失っていたりする。日々これを組み立てたり分解したり動作させていれば気がついて交換・補充を行うが、鶴丘は何十年ぶりかにこれを作動させた。単純な構造のものであれば多少の不備があってギクシャクしても動くことは動く。けれども鶴丘は極度に精密なブラックボックスに入った部品を幾つも積んでいる。これが僅かに傷ついているだけで鶴丘のマシーンはビクとも動かない。

大野は鶴丘の失態をそのように理解していた。正確な理解であった。だから大野は宴会場でただひとり鶴丘に同情的だった。けれどもいつまで同情してはいられない。人々が帰る感じになり始めていた。みんながいるうちになんとしても芸を披露しなければならない。

大野は目で気島を探したがいない。化粧室にでも行ったのか。しかし、鶴丘以外、出ていった者はいない。植え込みとパーテーションで死角になった一角があって椅子の脚が覗いていた。何人かがいるようだった。おそらくあそこにいるのだろう。気島ときたら本当に座りたがりだったからな。

そう心の決まりを付けて大野はマイクに向かって、まずは言論破魔剣を決めてやろう、と決意して歩いて行った。大野の心には気島を恋ふる気持ちが満ち溢れて。大野は自分自身の心の内にこれまで一度も感じたことのない無限のパワーが漲り溢れるのを感じていた。

　言葉を繰り出しながら大野はきれぎれの意識のなかで一瞬、これだったのか、と思った。もはや組み立ても間合いもなかった。計算も技巧もなかった。ただ言葉が口から流れ出ていった。勝手に身体が動いた。いつもならそれに対して大野の意識は焦ったり慌てたり、よしよしこの調子とか、いまのは少し間合いが遅れたな、などいちいち考え、その都度、言葉や動きをコントロールしていた。けれどもそれがなく、大野の意識はまるで存在しないようだった。それは大野の意識が発する言葉とぴったり同時に存在するからで、普段のように、事後的に、遅延して、または言葉を発する前に、先行して、言葉や動作を評価するということがなかった。だから大野が、これだったのか、と思ったのも言うように一瞬のことだった。一瞬、一体化した言葉と動作の力の働きによって反対側に飛び散った飛沫のような意識で、すぐに飛び散って消えた。

　そうしたことも含めて、「俺が追い求めていた、話芸の三昧境の住み味はこれだったのかー」と飛び散る意識の一滴として思ったのだった。

　大野はそんな笑いニルバーナにいたのだが、じゃあ客はどうだったのか。

おもしろいとか、おもしろくないとか、そういう次元の話ではなかった。脳が痺れたようになり、笑い声はもはや悲鳴であった。意識はもはやなかった。全員が涙と涎を垂れ流し、腹を押さえてのたうち回っていた。自分も他人もなく、生も死もなく、ただ笑いだけがそこにあった。これを客観的に見る人があったら、確実になんらかの踊り念仏、いやさ、集団パニック・集団発狂と断じたであろう。

実際の話、大野が僅か四分四十三秒の漫談を終えた、その後、約十分間は誰もその場から動けなかった。殆どの者がヒクヒク痙攣しつつ虚ろな瞳で事後笑いを笑っていたし、あまりの体験に衝撃を受け啜り泣く者も少なくなかった。

その様を見て大野は不安に駆られた。やっているときはいいと思ったが、いざ結果を見て、こんなことを、こんな事態を毎回引き起こしていて自分はプロとしてやっていけるのだろうか、少なくとも青少年の心身に有害な影響を与えるということで放送禁止になるのは間違いないのではないだろうか。それにくわえて、ここまでやってしまったら一般大衆どころか、演劇研究会のメンバーからも、「やりすぎ」「もはや笑いではなく暴力」「爆笑ハラスメント」といった批判が相次ぎ、まあそんなものは別になんとも思わないが、肝心の気島淺がどう思うか。気島淺も認めてくれないのであれば、至芸であろうが三昧境であろうが、なんの意味もない。いや、ある種の演芸狂人であるところの気島淺がそんな浅い見方をするわけがない。でも万が一そうだったら俺は死ぬしかない。

そんな不安を抱きながら大野はマイクの前を離れ、パーテーションと植木に遮られた一角に向かって歩いていった。

植木の脇の椅子にはいつの間に戻ったのか岡崎奔一郎が腰掛けていた。大野は、「どうだった?」と声を掛けた。岡崎は、えへへへへ、と笑った。口の端から涎が垂れた。瞳がどんよりと曇っていた。

やはり気島はパーテーションの陰にいるのだ、と大野は思った。

ホテルを出た岡崎は実際に祖父のところに行ったのではなく、電話を掛けたのだろう。電話を掛けて戻ってきて、気島淺とパーテーションの奥に入った。なんとなれば会場がうるさくて会話ができなかったから。でも、俺の漫談が始まったとき岡崎は、やはり気になって、出てきてこれを聞いた。或いは、「何度やっても結果は同じなのに未練がましい奴だなあ。その惨めな姿をとくと見分してくるよ。君も見ないか」など言ったのかも知れない。そして気島は、「私はいい。そんなの見たってしょうがないじゃない。岡崎君、なんで見たいの。意味わかんない」とか言ったのだろうか。悲しいことだ。けれどもとにかくこの中に気島がいることはまず間違いがない。

そう思って大野はパーテーションの中を覗いた。その瞬間、大野の胸がぎりぎりと痛んだ。


二人の女がいた。一人は床にあぐらをかいて座り、ひとりは床に長々と横たわっていた。

二人は大野が入ってきたことにも気がつかず放心して、ときおりケタケタと思い出し笑いを笑うなど、まともに話せる状態ではなかった。

長い黒髪が寝くたれて床に広がり、衣服が乱れて丸出しになった形のよい長い脚が大野の目を奪った。顕鶯梨菩美と片岡マリナであった。なるほど、この美しい女たちも笑いすぎてこんなことになったのか。そう思って大野はもう一度、二人の姿を見た。涙と涎でマスカラが流出していた。大野は、それを差し引いてもあまり美しくないな、と思った。落ち着いて見るとそんなでもない。大野はそんなことを思った。そして気島浅はどうなのだろうか、と思った。そもそも気島浅は自分の芸を聞いてこのように放心するほどに笑ったのだろうか。いや、そんなことはなく、冷徹な観察者の態度を貫いたのではないか。だから、この場にいないのではないか。

そんな思いに駆られ、不安でいても立ってもいられなくなった大野はもう一度、会場内を見渡した。気島浅の姿はどこにもなかった。

無人のロビーに、ドンビョンヒャリャロン、ドンヒャラリョン、トンピョン、トリチキピーピッピッピー、という祭礼の囃子が響いていた。

良縁をもたらすパワースポットとして人気の大きな神社ではなく、少し離れたところにある小さな社の祭礼だったが、昔からの住民がみな参加するため、そこそこ盛大で、子供のする囃子が、距離があるのにもかかわらず風に乗って流れてきて、ホテルのロビーに届くのであった。

その囃子の聞こえてくるロビーに女が現れた。女は花の入った壺を抱えていた。花の入った壺を抱え、女は階段の脇から現れ、柱の脇の臺に花の入った壺をそっと置き、二、三歩下がってこれを眺め、それからまた近づいて、両手でその位置を調節した。

そこへ男が現れた。男が言った。

「圧岡君」

「あ、支配人」

「美しい花だね」

「ありがとうございます」

花を褒められて女、すなわち圧岡は笑った。咲きこぼれるような笑顔だった。

そして実際に花は美しかった。華やかでありながら色の取り合わせがよく考えられていて、ロビーの床や壁の色、そしてまた調度品とよく調和して、浮き立つような楽しい気配が充ちた。そして圧岡もまた美しかった。

「それにしてもよかったなあ、まともな花、飾れるようになって」

「本当ですね。それに新町さんもまた支配人に返り咲いて」

「返り咲いて、ちゅうほどのことないけどな」

と新町は関西弁で言い、続けて、「けどこんなことになるとは夢にも思えへんかったな」と言った。

本当に夢のような出来事であった。

大野ホセアは狂乱したようになって気島淺の姿を探して歩いた。けれども宴会場にもロビーにも気島淺の姿はなかった。ならば気島はどこにいたのか。気島淺は綿部と湖畔の遊歩道を歩いていた。

鶴丘の演芸が始まる直前、岡崎奔一郎は通りかかった綿部と宴会場使用の費用に関して短い会話を交わした。それを脇で聞いていた気島は、胸騒ぎにも近いときめきを覚え、適当な口実を言ってその場を離れ、立ち去った綿部の後を追った。

そして少し話しただけで気島浅は自分が会計に関する該博な知識を持つ綿部に魅力を感じていることに気がついた。

私はまるで光に吸い寄せられる蛾のようだ。それはけっして甘い蜜ではない。だからこそ私は狂うのだろうか。

そう思いつつ気島浅は言った。

「もっとお話を聞かせていただけないでしょうか」

気島浅にそんなことを言われて応じない男はこの世にいない。たとえそれが勤務時間中であっても。そしてそのことを気島浅は経験的に知っていた。気島は、問題は自分の気持ちであって相手の気持ちではない、なぜなら相手の気持ちは常に自分にあるので、と心得ていた。

当然のごとく、それまで圧岡に意があった綿部も例外ではなく「ではここでは人目に付きますから湖畔に参って話しましょう」と脂下がり、ホテルを抜け出て湖畔に向かったのだった。

その日のうちに二人は結ばれ、少しの騒動の後、綿部は本社に戻ることになって、九界湖ホテルの体制は束の間、旧に復した。大方が、あの気島のことだからすぐに余のことに興味を移すだろうと評したが、現在のところはまだ交際を継続している様子で、ことによると気島の魂の漂泊は止んだのかも知れない。そういえば最近は公の場に顔を出さずネットで噂されることもめっきり減った。それにしても綿部でなくても良さそうなもの、それだったら俺の方がまだマシだが、やはり会計士の資格がものを言うのだろうか、と算盤八級の新町は思っていた。

岡崎奔一郎はあの後、顕鴬梨菩美と婚約した。その際、片岡と顕鴬の間が怪しくなった。

岡崎は如何やら二股交際をしていたらしかった。でも片岡も顕鴬もそれを承知していたのだそうだ。片岡マリナはふらっと出掛けた旅先で、旧知のミュージシャンと出会い、一夜をともにした挙げ句、その地に土着して観光ガイドや農家の手伝い、ヘンプ衣料のネットショップなどで生計を立てるその男に、一緒に暮らさないか、と誘われたが断って東京に戻り、いまは自分磨きや黙想をよくしているという。

大野ホセアは中途退学してプロの漫談家になったらしかったが、テレビなどでその姿を見ることはなく、といって寄席などに出ている訳ではないようだった。

新町は一度だけ、大野が地域の報道番組のレポーターのようなことをやっているのを見たことがあった。けれども大勢を笑い死に寸前にまで追い詰めた才能の片鱗は見る影もなく、まったくおもしろくない、したがって売れない芸人の痛々しい感じがヒリヒリ伝わってきて、それ以上、見ていられなくなった新町はテレビを消し、その後は二度と姿を見なかった。実は大野はあのときも鶴丘のような達人にしかわからぬ高度な技巧を披露していたのだろうか。全国の通人・好事家に向けて密やかな合図を送っていたのだろうか。全国には流れていないのだが。

鶴丘はあの後、すっかり真面目な男になった。ときおり出た関西弁も影を潜め、実直な老爺みたいなことになって、圧岡はもはや鶴丘にスカ爺の影を見ることはなくなった。

「いやあしかしながら最近は稼働率も上がってきたし、一時はもうアカンと思たけど、なんとかこのままいってくれたらな。けど、残念やな。できたら圧岡さんには残って欲しかったけど」

と、スカ爺の関西弁が鶴丘を経由して乗り移ったような口調で話す新町に圧岡は、

「え、なんの話ですか」と問うた。そして、「聞いたで、結婚すんねやろ」と言う新町に、「しません。その話があって、途中まで進んでいたのは事実ですが、昨夜、はっきりとお断りしました」と言うと、「いい話と聞いていたが」となおも言う新町をその場に残してメインダイニングの方に去った。

その日も多くの宿泊予約が入っていた。ほとんどが良縁を求めて神社を訪れる参拝客だった。龍神は黙して語らない。ただパワーをもたらすのみだ。そしてそのパワーに方向性はない。もちろん目的もない。そのパワーが大きければ良縁という訳でもない。そしてそれは雷のようなもので、瞬間、閃いてひとりの心の内のみならず、遍くこの世を照らすが、それは一瞬のことで持続しない。しかしそれは確実な瞬間だ。その瞬間を胸に抱いて人は長い人生を生きる。気島浅は龍神の眷属なのだろうか、自らも光を発しつつ、常に光を浴びたがっていた。けれども私はそうはいかない。残照の幻影の中に生きるしかない普通の人間だ。ならば。閃光を見逃してはならないが、少なくとも一家眷属の薄暗い光にぼうっと光るあの男は、閃光とは無縁だろう。圧岡はそんなことを思いながら必要以上にキビキビ動いてメインダイニングを横切った。

ちょうどそのとき、九界湖の向こう岸からホテルの側に向かって、幅五米長さ九十米ほどの、真っ黒い水の道ができた。両側に波が立ち、岸にも随分と波が立って小舟も大船も随分揺れたが、湖畔に憩う観光客はこれに気がつかなかった。ホテル側の岸まで来た水の道は誰にも気がつかれないまま垂直に沈んでいった。

解説

西島伝法

あぐにかかんどそんづぁらがいくんもへっつぇいさどははがもうてろんでどんでかったむぢち、と自分なりの真心の言葉で最後まで書きたい気持ちを抑えている——というのが、筆者が『文藝』（二〇一八年夏季号）に寄稿した『湖畔の愛』の書評の書き出しだった。それから数年後、奇妙なメールが届いた。文面には、んながらまりそんばそんば、としか書かれていなかったが、文庫が刊行されることになり解説を依頼したいとの旨《むね》を察したので、書評に薪《まき》を焚《く》べるようにしてこの文章を書いている。今回は気持ちを抑えず、真心の言葉だけを使って。

もしこの文章が読めているなら、神秘的な九界湖の畔《ほとり》近くに建つ九界湖ホテルに、九界を迷う者として迎えられたということだ。ここでは雨女であろうが腐乱死体であろうがうるさがたの読者であろうが、それがお客様であるなら、真のホテルマンでありたいと願う支配人が「ようこそ、湖畔のホテルへ」と持て余した真心で迎えてくれる。

本書に収められた三編の物語は、いずれも九界湖ホテルを舞台にしている。老舗《しにせ》だが経営難にあり、従業員は少なく、主に支配人の新町高生と社員の圧岡いづみが切りもりしている。自らのあつくるしさを自覚しつつも圧岡への好意を隠しきれない新町と、好意をむげにしながらも突き放さない圧岡とのずれたやりとりが終始楽しい。

「湖畔」では太田様というお客様が訪れ、冒頭に綴《つづ》ったような真心の言葉で支配人たちとやりとりをはじめる。意味をなさない言葉の羅列だが、どことなく規則性はあるようなないような、不意に日本語の輪郭をまといかけては崩れるリズムが絶妙すぎて抱腹する。なにひとつ嚙《か》み合わないなか、ホテルに居着いているトリックスター的なスカ爺（SCSIて）が現れ、こともなげに太田様と言葉を交わして通訳をはじめる。太田様が真心を研究していて、意味を排した真心の言葉のみで苦難の旅をしていることが判ってきた頃には、これらの情景が、輪切りにしたホテルの断面に、舞台上に作られたセットに、吉本新喜劇に見えてくる。スカ爺は名前からして茂じい（辻本茂《つじもとしげ》雄《お》）だし、ホテルという舞台もおなじみのものだ。けれどこの空気感は……茂じいよりもっと前の、マンネリ感と凶暴さがせめぎ合っていた頃の新喜劇に近い。共演者が恐怖すら覚えたという、ぐらぐらと歩きながら杖《つえ》を振り回してはあちこちを激しく突く寛平《かんぺい》じいさん、猫と化して壁を駆け上がり本来天井があるはずの場所にのる池乃《いけの》めだか、「誰がカバやねん」とぼやく丸眼鏡に髭の原哲男《はらてつお》。新町の佇《たたず》まいなどは、「あっちこっち丁稚《でっち》」で小番頭を演じていた室谷信雄《むろやのぶお》を彷彿《ほうふつ》とさせる。

そうした新喜劇的なあほらしいやり取りに身を委《ゆだ》ねて笑っていると、いつの間にか言語の肝にまで深く斬り込んでくるので油断がならない。観客席で他人事《ひとごと》として笑っていたはずの読者もいつしか表題作で綿部が隠れてフロントを覗《のぞ》き見ていた柱の陰に引っ張り込まれ、言葉に包含されているはずの意味がほろほろの藁《わら》にばらされ、藁まみれのなかで現実が上滑りする様を目の当たりにすることになる。

かと思えば二話目の「雨女」では、言葉と意味がもっと相応《ふさわ》しい、新しい結びつきを求めて互いに探り合う。中心となるのは、幸せな気持ちになると悪天候を招いてしまう稀代の雨女、船越恵子だ。かつて憧れの先輩に告白されたことで、〝日本全国に観測史上最大、というか、観測不能、意味不明の筆舌に尽くしがたい豪雨〟を巻き起こしたほどの存在が、愛する人に会おうとして九界湖ホテルにやってくればどうなるか。彼女を乗せたタクシーが通る道はみるみる崩落していき、湖の周辺はやはり観測不能の豪雨となって、ホテルは外界と隔絶される。この、ジョン・ヒューストンの「キー・ラーゴ」めいた緊迫のシチュエーションによって、いつもの新喜劇的なドラマが笑いを持続したまま写実的な戦慄《せんりつ》の瞬間に滑り込む。

この感覚には覚えがあった。映画監督の黒沢清が、著書『映画はおそろしい』収録のエッセイで〝それは驚くべき光景だった〟〝私は身震いした〟と戸惑いながら絶賛していた映画「ファンキー・モンキー・ティーチャー4／高校教師」のある場面。漫画原作の映画にもかかわらず、教師役の間寛平《はざま》と島木譲二《しまきじょうじ》がプレハブの教員室内で新喜劇そのままのアドリブギャグを繰り広げるので唖然《あぜん》とさせられるが、その映像は窓のブラインド越しに差し込む陽光も相まって、まるでテオ・アンゲロプロスの映画のごとき映像詩的静謐《せいひつ》さを湛《たた》えていて（実際にカメラマンはアンゲロプロスのような画面を撮りたかった、と話していたという）、笑いながらも背筋が冷たくなるのだ。

豪雨は降り続けている。このままでは大勢の命に関わる大災害になるだろう。スカ爺はじめ、グループ旅行の学生たちや、高級女性ファッション雑誌のライター赤岩ミカ（デコレーションのみの言動でまわりに吐き気を催させる）率いる一行は、豪雨を止めるには船越恵子を蹂躙《じゅうりん》して不幸にするしかないと考え、内ゲバ的な不穏さを滲《にじ》ませていく。この状況は、人がいかに空疎《くうそ》な定型句を盾に剣にして、分かち難く煮凝《にこご》った建前と本音を翻《ひるがえ》らせるのかを浮き彫りにし、真心の言葉というテーマがこの話でも脈打っていたことに気付かされる。これまで柱の陰から覗いていた読者も、当事者として引きずり出されて選択を突きつけられる。いまや柱の陰から覗いているのは著者の方だ。湖では船越を愛する吉良鶴人が、獣のように純一な祈りを龍神に捧げている。豪雨を止めるには人間ひとりの犠牲を払わねばならない。

最終話「湖畔の愛」では、ホテルの経営陣が代わって新町は降格され、前述の綿部がマネージャーを務めている。しかもスカ爺は湖に転落して溺死《できし》しており（彼もまた龍神の贄《にえ》になったとも取れるが、まるで役者が不祥事を起こしたか契約上の都合で降板したかのようでもある）、代わりに鶴丘という、やっぱり役に立たない老人が働いている。

そこに、立脚大学の演劇研究会（といっても、いまの研究対象は演芸）が合宿に訪れる。発表会で磨きあげた究極の芸を競い合い、次期会長の座につくことができれば、道路を歩いただけで追突事故や接触事故を多発させるほどの超絶美女、気島浅の愛を得られるのだ。なぜなら気島は才能を感じた相手と必ず恋に落ちるという性癖を持っているから。

さらに、ヤクザまがいの三人組が現れてあたりを震撼《しんかん》させたかと思うと、呆《あき》れるほどの頭の悪さを晒《さら》して、〝新喜劇ちゃうど、こら。いつまで待たす気ぃじゃ、あほんだら〟と否定しなければならないほど最高潮に新喜劇との一体感を高まらせる。三人組は新喜劇の歴代ヤクザやチンピラ（あほんだらあほんだらあほんだらと連呼する帯谷孝史《おびたにたかし》、大阪名物パチパチパンチを披露する島木譲二、顎《あご》ネタでいじられつづける辻本茂雄——大勢のヤクザが綺麗《きれい》に一列にならんで律儀にひとりずつ戦いを挑んでは撃退されていくギャグも忘れがたい）の集合的イメージだ。

演劇研究会の発表会では、良家の子息である岡崎奔一郎とかつての天才横山ルンバの再来と目される大野ホセアが、超絶技巧の芸（回文を四十八仕込み随所で古今集とイェーツをリミックスした孤立漫談など）を競い合い、三人組や鶴丘老人も入り乱れて、あほらしさと真剣さが予想もつかぬ方向に乱舞する。

町田康の文体は〝秒速千里のブギー・サウンド〟であり、読者は読み進めることで〝ミミズクのような鳥類が弥勒と語らいながら血管の中を高速移動している〟のを体感しながら、「湖畔」「雨女」「湖畔の愛」の三段跳びで〝自分も他人もなく、生も死もなく、ただ笑いだけがそこにあった〟という湖の沸騰《ふっとう》するような境地にいざなわれる。

これだけ声に出して笑った本は久しぶりだった。『宇治拾遺物語』や『ギケイキ』などでも独自の笑いを追求し続けていて、どうすればこんなものが書けるのかと首をひねるばかりだが、町田康はこう語っている。

〝別に面白く書こうとしなくても、事実を書こうとすれば、人間はやっぱり滑稽だったり可哀想だったりするんじゃないでしょうか。〟（『WEB本の雑誌』「作家の読書

道」より）

今回読み直していて、あれ、これは前と同じ話だろうか、と軽い驚きを覚えた。数年くらいで再読するときには、そうそう、こうだった、と記憶をなぞっていく気持ちよさがあるものだが、初読であるかのように先が読めず、笑うポイントも前回とはずれていて、どこか感触が違うのだ。読むそばから書き直されているかのようでもある。これは、同じ演目の芝居を別の日に見る感覚ではなかろうか。九界湖は何処《どこ》にあるとは明言されておらず、スカ爺や三人組以外は標準語で話すが、ときおり新町や綿部や鶴丘の口から関西弁が出ることがあり、〝スカ爺が憑依したかの如き関西弁〟などと書かれる。ただ、そもそもスカ爺じたい、〝まともな社会人になるための自己研鑽を積まず、習い覚えたのは怪しい関西弁とフランス語のみ〟と「湖畔《みじん》」で述べられているとおり、エセ関西弁で喋《しゃべ》っているのだ。それでいてエセ感は微塵《みじん》もない。新町などノリツッコミまでしている。どういうことなのか。やはり、登場人物すべてが新喜劇の役者であり、標準語で話す役を演じていると考えるしかないのではないか。念の為、読者の方も自分が演じられている可能性を疑った方がいいかもしれない。ほら、どこからか Somebody Stole My Gal が聴こえてくる。

（令和二年十月、作家）

この作品は平成三十年三月新潮社より刊行された。

町田康著

夫婦茶碗

あまりにも過激な堕落の美学に大反響を呼んだ表題作、元パンクロッカーの大逃避行「人間の屑」。日本文藝最強の堕天使の傑作二編！

町田康著

ゴランノスポン

表層的な「ハッピー」に拘泥する若者の姿をあぶり出す表題作ほか、七編を収録。笑いと闇が比例して深まる、著者渾身の傑作短編集。

筒井康隆著

狂気の沙汰も金次第

独自のアイディアと乾いた笑いで、狂気と幻想に満ちたユニークな世界を創造する著者のエッセイ集。すべて山藤章二のイラスト入り。

筒井康隆著

おれに関する噂

テレビが突然、おれのことを喋りはじめた。そして新聞が、週刊誌がおれの噂を書き立てる。黒い笑いと恐怖が狂気の世界へ誘う11編。

筒井康隆著

笑うな

タイム・マシンを発明して、直前に起った出来事を眺める「笑うな」など、ユニークな発想とブラックユーモアのショート・ショート集。

筒井康隆著

富豪刑事

キャデラックを乗り廻し、最高のハバナの葉巻をくわえた富豪刑事こと、神戸大助が難事件を解決してゆく。金を湯水のように使って。

筒井康隆著
エロチック街道

裸の美女の案内で、奇妙な洞窟の温泉を滑り落ちる……エロチックな夢を映し出す表題作ほか、「ジャズ大名」など変幻自在の全18編。

筒井康隆著
くたばれＰＴＡ

マスコミ、主婦連、ＰＴＡから俗悪の烙印を押された漫画家の怒りを描く表題作ほか現代を痛烈に風刺するショート・ショート全24編。

筒井康隆著
夢の木坂分岐点
谷崎潤一郎賞受賞

サラリーマンか作家か？　夢と虚構と現実を自在に流転し、一人の人間に与えられた、ありうべき幾つもの生を重層的に描いた話題作。

筒井康隆著
虚航船団

鼬族と文房具の戦闘による世界の終わり――。宇宙と歴史のすべてを呑み込んだ驚異の文学、鬼才が放つ、世紀末への戦慄のメッセージ。

筒井康隆著
旅のラゴス

集団転移、壁抜けなど不思議な体験を繰り返し、二度も奴隷の身に落とされながら、生涯をかけて旅を続ける男・ラゴスの目的は何か？

筒井康隆著
ロートレック荘事件

郊外の瀟洒な洋館で次々に美女が殺される！史上初のトリックで読者を迷宮へ誘う。二度読んで納得、前人未到のメタ・ミステリー。

筒井康隆著

敵

渡辺儀助、75歳。悠々自適に余生を営む彼を「敵」が襲う――。「敵」とはなにか？　意識の深層を残酷なまでに描写する長編小説。

筒井康隆著

パプリカ

ヒロインは他人の夢に侵入できる夢探偵パプリカ。究極の精神医療マシンの争奪戦は夢と現実の境界を壊し、世界は未体験ゾーンに！

筒井康隆著

懲戒の部屋
―自選ホラー傑作集1―

逃げ場なしの絶望的状況。それでもどす黒い悪夢は襲い掛かる。身も凍る恐怖の逸品を著者自ら選び抜いたホラー傑作集第一弾！

筒井康隆著

最後の喫煙者
―自選ドタバタ傑作集1―

「ドタバタ」とは手足がケイレンし、耳から脳がこぼれるほど笑ってしまう小説のこと。ツツイ中毒必至の自選爆笑傑作集第一弾！

筒井康隆著

傾いた世界
―自選ドタバタ傑作集2―

正常と狂気の深～い関係から生まれた猛毒入りユーモア七連発。永遠に読み継がれる傑作だけを厳選した自選爆笑傑作集第二弾！

筒井康隆著

ヨッパ谷への降下
―自選ファンタジー傑作集―

乳白色に張りめぐらされたヨッパグモの巣を降下する表題作の他、夢幻の異空間へ読者を誘う天才・筒井の魔術的傑作短編12編。

中村文則著
土の中の子供
芥川賞受賞
親から捨てられ、殴る蹴るの暴行を受け続けた少年。彼の脳裏には土に埋められた記憶が焼き付いていた。新世代の芥川賞受賞作！

中村文則著
遮光
野間文芸新人賞受賞
黒ビニールに包まれた謎の瓶。私は「恋人」と片時も離れたくはなかった。純愛か、狂気か？　芥川賞・大江賞受賞作家の衝撃の物語。

中村文則著
悪意の手記
いつまでもこの腕に絡みつく人を殺した感触。人はなぜ人を殺してはいけないのか。若き芥川賞・大江賞受賞作家が挑む衝撃の問題作。

中村文則著
迷宮
密室状態の家で両親と兄が殺され、小学生の少女だけが生き残った。迷宮入りした事件の狂気に搦め取られる人間を描く衝撃の長編。

野坂昭如著
エロ事師たち
性の享楽を斡旋演出するエロ事師たちの猥雑きわまりない生態を描き、その底にひそむパセティックな心情を引出した型破りの小説。

野坂昭如著
アメリカひじき・火垂るの墓
直木賞受賞
中年男の意識の底によどむ進駐軍コンプレックスをえぐる「アメリカひじき」など、著者の〝焼跡闇市派〟作家としての原点を示す6編。

新潮文庫最新刊

塩野七生著
小説 イタリア・ルネサンス4
—再び、ヴェネツィア—
故国へと帰還したマルコ。月日は流れ、トルコとヴェネツィアは一日で世界の命運を決する戦いに突入してしまう。圧巻の完結編！

林真理子著
愉楽にて
家柄、資産、知性。すべてに恵まれた上流階級の男たちの、優雅にして淫蕩な恋愛遊戯の果ては。美しくスキャンダラスな傑作長編。

町田康著
湖畔の愛
創業百年を迎えた老舗ホテルの支配人の新町、フロントの美女あっちゃん、雑用係スカ爺のもとにやってくるのは——。笑劇恋愛小説。

佐藤賢一著
遺訓
「西郷隆盛を守護せよ」。その命を受けたのは沖田総司の再来、甥の芳次郎だった。西郷と庄内武士の熱き絆を描く、渾身の時代長篇。

小山田浩子著
庭
夫。彼岸花。どじょう。娘——。ささやかな日常が変形するとき、「私」の輪郭もまた揺らぎ始める。芥川賞作家の比類なき15編を収録。

花房観音著
うかれ女島
売春島の娼婦だった母親が死んだ。遺されたメモには四人の女の名前。息子は女たちの秘密を探り島へ発つ。衝撃の売春島サスペンス。

湖《こ》畔《はん》の愛《あい》

新潮文庫　ま－20－4

令和三年一月一日発行

著者　町《まち》田《だ》康《こう》

発行者　佐藤隆信

発行所　株式会社 新潮社

郵便番号　一六二―八七一一
東京都新宿区矢来町七一
電話　編集部（〇三）三二六六―五四四〇
　　　読者係（〇三）三二六六―五一一一
https://www.shinchosha.co.jp

価格はカバーに表示してあります。

乱丁・落丁本は、ご面倒ですが小社読者係宛ご送付ください。送料小社負担にてお取替えいたします。

印刷・大日本印刷株式会社　製本・加藤製本株式会社

ISBN978-4-10-131934-6　C0193